螢幕判官

BEHIND THE SCREEN

原創故事

光穹遊戲

小說改編

崑崙

推薦序

一場螢幕前的正義思辨

劉哲魁（刃霧翔）

我認識《螢幕判官》其實是從手機遊戲開始。初玩到遊戲時令我十分驚豔，沒想到台灣竟然有團隊做出了我心中一直想要做的題材。於是一玩下去就無法自拔，直到破關才停了下來。

因此，當聽到《螢幕判官》要出版同名小說時，我很興奮，也有一點隱憂。畢竟通常遊戲改編的作品都會有不合原作或擅改設定，最後跟原作幾乎成為了兩條平行線的問題產生。然而細細讀了兩天後，我發現這本小說的內容可說和遊戲並無二致，閱畢帶給我的衝擊，和遊戲相比完全等同。

至於這本書帶給我的衝擊是什麼？且聽我道來。

「眼見為實」——乍看如此地神聖，如此地合乎邏輯。是的，跟道聽塗說比起來，眼見之物即為事實，似乎理所當然。但是，我們有思考過，眼前所見的真是所謂的「事實」嗎？還是「片面的事實」？

回想一下：最近的你是否打開過電視，一邊看著社會新聞或社會政論節目，一邊配著飯吃呢？大部份人應該都有類似體驗，這就是台灣目前大多數人下班後的興趣，看著台灣發生的大大小小鬧劇，邊咒罵著螢幕後的主角怎麼那麼令人噁心。很配飯，是吧？（笑）

不過……不知道還有多少人記得南港小模案呢？當時小模的閨蜜被自己男友指控為主犯，犯案手法陳述得鉅細靡遺，案發過程歷歷在目，讓聽的人無不氣憤。隨後配合新聞二十四小時的播報，再外加社會政論節目的轟炸，小模閨蜜頓時成為人人喊打的過街老鼠。甚至連根本不在案發現場的來賓，也可以在節目上將犯罪過程說得口沫橫飛，好像自己就是目擊證人般。

彼時台灣每一個人都將矛頭指向小模閨蜜，對著她說道：「冷血的殺人犯！」「可惡的賤貨！」「心狠手辣的毒蜘蛛！」「謀害親友的混蛋！」「還不快點去死一死？」

一夕之間，整個台灣的社群媒體都在罵小模閨蜜。不管多離譜、多誇張的字句都出現了。這些都是我們看見的事實：我們看見了新聞的報導，我們看見了來賓口述的犯案過程——大家遂一口咬定她就是犯人沒錯，一定是這樣的！

不，必須是這樣的！因為這就是屬於我們的正義！

沒想到過沒幾天，整個案情突然大逆轉，小模閨蜜的不在場證明鐵證如山，原來是小模閨蜜的男友想要脫罪才誣陷女友，頓時大家啞口無言。但有多少人跟小模閨蜜道歉了？又有多少人因著這次的未審先判感到慚愧羞恥了呢？

這就是台灣人的正義，我們所愛的台灣曾幾何時竟然淪落至此？只憑捕風捉影的證據就決定人的生死？我想，除了感嘆，只能無言以對。

然而，請記得一件事，我們每個人雖都可以成為螢幕前的判官，但也有可能成為螢幕後的嫌疑人。看到這裡，或許大家覺得過甚其辭了，其實不然——

在公司內，僅是跟主管走太近就被大家評為只知道狗腿的員工。

在學校內，和某個受歡迎的男同學只是朋友卻被大家說成是想搶別人男友。

在家裡，明明是打算坐在電腦前打報告卻被爸媽罵說怎麼一直玩遊戲？

是的，每一個人都有可能成為螢幕後的嫌疑人。成為嫌疑人絕不好受，所以當我們被污衊時，巴不得能洗刷冤屈。想方設法跟本書主角裕明一樣高聲反駁，訴說自己的無辜。

但螢幕判官們卻不會如此輕易接受你的言詞，他們只會認為你是心虛故而如此激動，認為你是害怕才會選擇抵抗。於是大家罵得更用力、更大聲。當你被大家罵得體無完膚，直到最後，你只能選擇放下拳頭，因為你早已無力再去抵抗那些判官們的指責，選擇默默地承受那些罵聲。很熟悉，不是嗎？

「螢幕判官」指的不是別的，正是在螢幕前的你我，是否會因為一些表面所見就妄下判斷？而當我們成為螢幕後的嫌疑人時，我們是否又能坦然地面對呢？

不管是主角裕明的行為，或是裕明父親的選擇，這些真的都是如我們所看的表象那般簡單嗎？或許當你讀完後，會有不一樣的想法和感受。

我想，看完本書後，應該可以好好地思考自己過去的所作所為，我們所謂的正義是否讓我們成為了令人厭惡的螢幕判官？並期許自己，未來不會再只針對所看見的事實即妄下定論。

這是一本值得讓人一讀再讀，並省思自己的好書。

最後，我十分推薦大家去玩本書的原作遊戲，相信一定會帶給你另外一種不同的體驗。

（劉哲魁〔刃霧翔〕—巴哈姆特ACG創作大賽APP遊戲組評審，神嵐遊戲共同創辦人、製作人）

目次

第一章

弒父者

1

夜裡，細雨在窗臺外拉扯出無數白色細絲。

挾雨的冷風颳進屋內，凌亂的廳間家具傾倒，玻璃酒瓶的碎片浸著濁黃酒液，在日光燈下反射濕淋淋的光。滿屋的熏人酒氣混著腥澀味，風一吹，那股味道便如沉底的淤泥搖搖晃晃地旋蕩開來。

有滴落的水聲。不是雨，那是更加細碎的、間隔更長的。

在這些之外，有人的喘息。

裕明的額頭蓄滿汗粒，暴睜著兩顆幾乎要滾出眼窩的瞳子。他吐出沉重的熱氣，偏偏渾身發冷又豎滿寒毛，汗水亦是冰涼。

他的肩膀不自然地聳起，單手舉在身前。刺眼的紅凝著，積累足夠的重量後滴落——來自手握的那把染血菜刀。

鮮血滲進刀面密布的刮痕裡，彷彿那把菜刀是個活物，正貪婪吸取血液。

裕明瞪著刀尖，都要成了鬥雞眼，可是他不敢看向別處。右腳隨著發顫的身體，忽然不自覺踏前，踩著趴臥的父親。

父親沒有反應。只有身下如河的鮮血無聲蔓延。

裕明觸電般抽腳，一屁股坐倒在酒瓶的碎片裡，下意識撐地的手按上碎玻璃，被刺穿皮膚、扎出鮮血，卻意外地不感到疼痛。另一手仍舉在身前，握著刀，刀尖顫晃。

父親沒有反應。雨勢忽然滂沱，推開的大門撞上油漆剝落的牆面，數名登門的警察如索命鬼差，團團包圍裕明。同樣圍住他的，還有上膛的槍口。

「放下武器！」為首的警察喝斥，臉色鐵青。

裕明手一鬆，刀掉了，留下仍然鮮紅的掌心。

「我沒有殺人、不是我！」他大喊，身後同時有搗破空氣的悶聲。霎時右肩劇烈疼痛，擴散的痛楚直入骨髓。

裕明終於感受到右掌被玻璃劃傷的疼痛，他哀號起來，又換來幾記警棍的毆打。施行的警察面無表情，彷彿對待草芥、彷彿裕明的死活沒有價值。

被強行拖出屋外的裕明步履蹣跚，冒雨的街上擠滿圍觀的左鄰右舍。傘下一雙雙責難的、不解的、鄙夷的、怨憤的目光一齊往他投來。

「沒有……我沒有……」他的辯解無人願意細聽，全是唾棄。

通往警車的路遙遠而漫長，兩旁立著冷酷的人牆。慌亂張望的裕明每一步都走得艱辛，終於警察看不下去，強硬拖他前進。

裕明踉蹌之間，有人吐來口水，落在他的面前，隨即被大雨沖散。警察粗暴推開擠上前的民眾。

被押進警車前，裕明回頭呼喊，只盼有人願意相信——

「我沒有殺人！」

他的聲音被暴雨吞沒。

2

「各位觀眾晚安！本週的特別節目要陸續帶大家回顧台灣史上的重大刑案。首先今天第一件帶大家來看的，是當年震驚全台的王裕明弒父案。」

一身西裝的主持人頓了頓，用誇張如戲子的語氣強調：「哇這個實在不得了！俗話說虎毒不食子，但這個案子居然是兒子殺害父親，實在是非常恐怖慘絕人寰。究竟是什麼樣的深仇大恨，會讓王裕明痛下殺手？好，首先來介紹今天的來賓……」

主持人吞了口水潤喉，依序介紹現場的資深媒體人、社會記者還有網路觀察家。

「雖然說兇殺案現在層出不窮、屢見不怪。不過當年啊，在那個純樸的年代，不要講殺人了，光是當街搶劫就是很轟動的案子。更別說這是子弒父。大逆不道啊！」主持人臉色凝重，對於過去時光的美好印象被玷汙感到痛心。

社會記者接口說：「王裕明弒父案在當時來說，對整個社會的氛圍有很重大的影響，雖然那時候的世代對立沒那麼明顯，不過從王裕明之後，有些父母開始擔心，自己的孩子會不會其實，該怎麼說……其實有偷偷懷恨，搞不好哪天突然就拿刀砍人了。尤其大家知道，年輕人比較血氣方剛又叛逆，所以容易衝動行事。」

「對，沒錯。」主持人走向攝影棚內的大螢幕，畫面列出王裕明的基本資料。主持人指著年齡那欄強調：「他犯案的時候才十八歲。到底是什麼樣的原因，讓一個才剛成年的年輕人犯下這種慘案？」

主持人轉向資深媒體人交換眼色。資深媒體人開始分析：「這個要先從他的家庭背景來看。他呢，是單親家庭……」

「單親家庭啊？」主持人驚呼。

「因為父親外遇。」資深媒體人說。

「天啊，外遇！這對王裕明來說一定造成不好的影響吧！」主持人二度驚呼。

資深媒體人遲疑幾秒，繼續說：「父親的外遇對象正好是王裕明的幼稚園老師，也因為父親外遇，導致母親離家出走。」

主持人連連點頭，分析著：「所以代表這個家庭教育是有缺陷的。而且這發生在王裕明小學的時候，你們想想，這麼小的小孩子少了母親的陪伴，只有父親，這是很不完整的。然後還有幼稚園老師的介入。這種家庭組成是不是導致王裕明的成長有嚴重的負面影響？」

社會記者插嘴：「有沒有偏差不好說，不過大家看一下。這是當年的報導喔。可以看到這個報紙都泛黃了，真的是好不容易才挖出來的。」他拿出一份剪報，指著其中一行：「注意這邊，字有點小你們可能看不到，這重點是在說王裕明他殺害父親的時候，是一刀斃命。」

「一刀斃命⁉」主持人誇張地瞪大眼睛，彷彿被雷打中。「所以說這是早有預謀的？不然怎麼這麼精準？」

社會記者說：「其實當時，記者有去訪問附近的街坊鄰居。鄰居一致指出王裕明常跟父親爭吵，不是一般兒子被念幾句頂嘴的那種，是很激烈、會摔東西的程度，左鄰右舍被吵到不得安寧。這些長期爭執累積的不滿，的確有可能讓王裕明產生殺害父親的念頭。」

資深媒體人接著補充：「在那個年代，治安很好，民風也純樸。像王裕明這樣常跟他父親起衝突的家庭不多見。剛剛說到一刀斃命，恰好我有個認識的記者前輩，當年有到現場去。不誇張，前輩說他跟幾個同行一進去屋子，那個血腥味之重，讓人差點暈過去。有個比較年輕的記者頭也不回，直接衝到外面吐。因為那個血真的是流得到處都是，整個客廳好像變成血池。」

「這麼恐怖，血池耶！」主持人摀嘴。

資深媒體人解釋：「因為王裕明是一刀直接刺進父親的心臟，出血量非常誇張。據說連天花板都有噴到血！這種手法就是決心要置人於死地的。你要想，心臟是人體維持生命最重要的器官，被捅破也幾乎不用活了。」

「所以幾乎可以說，王裕明就是要讓他爸爸死就對了。真的是很殘忍。」主持人連連搖頭。

「來，我們模擬一下。假設我現在突然發狂要攻擊你好了，就假裝我這隻手拿刀。」主持人高舉右手，煞有其事地走向網路觀察家，「我這樣砍下去……哇！不要說是插心口了，連要砍你的手說不定都砍不中！」

一直沒說話的網路觀察家明白這是主持人故意作球，趕緊發言：「我當然不會傻傻給你砍，一定先跑再說。」

眾人哄堂一笑，網路觀察家繼續說：「其實你們看喔，整個案子這樣下來，我在猜啦，這純屬個人臆測。搞不好王裕明跟他父親原本就各懷不滿，有相殺的準備。只是王裕明運氣好，比較早動手。如果他晚一點有動作，今天我們回顧的可能就是王裕明他爸殺人了。」

主持人嘖嘖搖頭，「你這個猜測很恐怖，原來這對父子無論如何最後都要死一人就是了，搞不好還會兩敗俱傷。不過歷史沒有如果，今天就是王裕明這樣刷的一刀，殺死父親。」

「我在想今天節目結束之後，大家回家都要對小孩好一點。至少請他們有話好好說，不要一言不和就拿刀。」資深媒體人打趣地說。

網路觀察家說：「我也跟我兒子強調，如果你真的有什麼不滿或其他想法，一定要理性溝通。有時候話好好講，就不用走到這麼悲傷的局面嘛。王裕明如果真的對父親不滿，十八歲也成年了，大可以選擇搬出去在外獨立，不用每天跟父親大眼瞪小眼。」

「也許是王裕明對父親有某種依賴性，誠如前面所述，他是一個單親家庭的孩子。」社會記者推論。

主持人連連點頭：「沒錯。這實在令人非常好奇，到底是什麼樣的經歷養成王裕明這樣的偏差性格，導致長大後犯下這場兇案？」

現場眾人以此為題，開始了另一波熱烈的討論……

3

六月的烈陽正毒，無雲天空是驚人的湛藍，深得彷彿溶解了所有的雲朵。

寬闊的操場上，幾百名小學生依班級坐定。今天是他們的大日子，終於要離開待了六年的校園。越是這樣的場面，師長越要把握說話的機會，畢竟錯過這天，這些畢業生再也不會聽他們說話了。

挺著肥肚的校長站上司令臺，擁有能夠遮陽的屋頂，讓那張積滿白沫的嘴巴沒有停過，從孝順父母到保衛國家，從尊敬師長到友愛同學……講到激動的時候，口水會噴上麥克風，放大的音量看似要與蟬鳴互相比拚，可惜無論誰贏，都是噪音。

臺下的學生被陽光烤得汗水直流，幸好正是體力充沛的年紀，更慶幸的是有椅子坐，那是畢業典禮前一天各自從教室搬來的。

裕明默默忍受因為汗水而黏貼在身的制服，整片後頸盡是要被燙焦似的灼熱感。校長的致詞漫長而枯燥，彷彿不見學生中暑暈倒不肯罷休。

裕明抬起頭，刺眼的陽光令他反射性閉緊眼睛。眼皮裡殘留重重眩光，化成奇形怪狀的凌亂圖案，他覺得有趣，試圖分辨那些圖形究竟生作什麼模樣。

閉眼的他忽然聽到老師的聲音：「王裕明，你怎麼打瞌睡？」

「沒有，我沒睡覺！」裕明趕緊張開眼睛，連連搖頭。

班導師在他身前，金屬框眼鏡下是一張仔細刮淨鬍鬚的斯文臉孔。「那就好，雖然今天是你待在學校的最後一天，但還是要作好榜樣給其他同學看，知道嗎？」

「是的老師！」裕明用力點頭。

「還有啊，」班導師又開口：「上了國中，課業不能掉以輕心，這跟小學的程度不一樣，尤其是數學跟理化，要特別注意，知道嗎？幸好你很用功，我倒也不用太擔心。」

「謝謝老師。」裕明禮貌點頭，一如所有被喜愛的好學生該有的模樣。

導師默默繞到樹蔭下，遮陽的陰影裡群聚各班導師，有人拿手帕抹汗，有的用手搧風、更有人狂飲礦泉水。

日光依然旺盛，隨著逼近正午時刻，更是狠毒。

滿頭汗的裕明盼著、盼著。終於校長下臺、終於其他師長與貴賓陸續說完話，來到他滿心期盼的時刻。

被點到名字時，裕明幾乎是同時起立，汗珠隨之抖落。他不自禁揚起嘴角，帶著笑與其他被點名的學生依序走上司令臺，照著師長的指揮排成幾行縱列。

裕明的班級數較大，所以人排在後面，可是仍然清楚望見臺下黑壓壓的人群。不到一分鐘前，他人還陷在裡面，扮作數百人頭的其中一顆。

來訪的市長有張刻意親切的笑臉，裕明看著，看市長依序在每一個學生面前停頓，然後再走，終於來到他的面前。

輪到他了。

裕明伸出被曬得發紅的兩條手臂，接下市長獎的獎狀。之後腦中只剩飄飄然的空白，忘了如何下了司令臺、如何返回班級隊伍。回神過來已發現同學們爭相搶看獎狀。他像守蛋的母鳥小心護著，不輕易交到同學手中，就怕弄出任何一點皺摺。

獲頒獎狀，畢業證書相比顯得可有可無。

典禮結束，學生們搬椅子返回教室。裕明把獎狀攤平在椅面，目光總是不由自主被吸引過去，好幾次險些撞上前面的同學。

他甚至不記得如何回到教室了，老師在講臺對著全班同學的最後叮嚀也沒聽進幾句。好幾個同學的爸媽都來到教室外，有的捧著校門口攤販賣的花束要送給老師、有的與孩子合影，慶祝他們畢業。

幾個同學提議一起離校，順便去雜貨店買冰棒。他沒理，心想大家之後就近上這區的國中，碰面的機會多的是，不差這天。

可是小學的畢業典禮就這次了，獲領市長獎也就今天。

裕明離開教室，差點在走廊奔跑起來，隨即想起這被校規禁止，只好耐著性子，快步下樓。前腳剛踏出校門，後腳迫不及待大步邁開，跑過賣棉花糖與花束的攤販、穿越三三兩兩的學生與家長。

奔跑在被蟬鳴淹沒的街上，即使無風，火辣辣的後頸也不熱了。汗水落在影子上，眨眼間被發燙的柏油路蒸散。

經過雜貨店，他沒被冰箱滿滿的涼飲誘惑，略過蘇打冰棒的滋味，繼續奔跑。繞過雜貨店所在的轉角不久，便看見家的方向。

裕明推開門，還沒遭到暑氣侵踏的屋內陰涼舒適，切半的日光透過屋外圍牆，從紗窗射進屋裡。

他還來不及穩住呼吸，先顧著將捲成一束的獎狀攤開，又仔細確認整張獎狀的面貌，視線落在標楷體印刷的名字幾秒，才捨得移開。

爸爸。還未開口呼喚，他的嘴就被內房傳出的喘息徹底阻斷。隱隱約約，有女人壓抑的呻吟。

裕明罰站般拿著獎狀，因為奔跑而冒起的熱氣流竄全身，逼出無數汗粒。手背的汗水慢慢累積，沿著大拇指滑落，在獎狀上暈開。

他默默放下獎狀，擱在一旁的茶几上，人坐進藤椅，挺直著背，好像仍在畢業典禮的操場似的。

好熱，他忽然想，起身打開電扇，又坐回原位。背依然挺直。電扇內部發出不自然的摩擦聲，斷斷續續……亦如女人的呻吟一陣、一陣。

「啊……啊……」

伴隨而來是男人粗重的喘息，好像患了呼吸疾病那樣用力吸氣、重重吐出。

裕明全部聽在耳裡，全都不想聽。

汗逐漸乾了。

電扇的風聲終於取代那些他不想聽的聲音。

內房窸窸窣窣，有人拾起了什麼，然後有了穿衣的聲音。低低的說笑聲隨著腳步聲靠近房門。門開了，魁梧的父親穿著西裝長褲，上半身是白色無袖汗衫，領口的部份濕了一圈，黏在胸上。短袖襯衫隨意拎在手中。

父親發現藤椅上的他，訝異地問：「畢業典禮這麼早就結束了？」

裕明點頭，俯身要拿起獎狀。幾乎是算準似的，那個女人踏出房間，搶在裕明呼喚父親之前，射來冷冷目光。

父親沒發現身後女人的眼神有多冷，可是裕明全瞧見了，迴避不開，那是完完全全針對他的。他遲疑，這一猶豫也就來不及了，父親已經自顧自穿起襯衫，一邊提議：「慶祝你畢業，今天去吃西餐，幫你點一塊大牛排！」

女人蝴蝶般輕巧繞到父親身前，那一襲黃色連身裙裸露出兩條白皙的臂膀，下擺是盛開的花朵圖樣。她貼心地為父親扣起襯衫鈕扣。

「小孩子去吃西餐，會不會太浪費了？」那音調如蜜糖，甜得令父親微笑。

「怎麼會？牛排而已，又沒多少錢？我付得起！」父親握住女人柔嫩的手，在她的耳邊說：「我自己來，你去幫我挑一條好看的領帶。」

女人撒嬌：「幹嘛不自己挑？都一個大男人了，這點小事還要我來。」

「我大男人作大事，小事當然交給你。」父親的語氣相當驕傲，作為公司經理的他自然有一份霸氣。

「就會欺負人家！」女人俏皮地抗議，又回到房內。

父親盯著女人的婀娜背影，搖頭笑著：「女人喔。」

趁著女人進房，裕明終於擁有短暫與父親獨處的機會。他搶著遞出獎狀：「爸，你看！」

父親好奇打量過來，還沒看仔細，女人突然呼喊，又一次搶走他的注意：「你領帶要藍色那條，還是咖啡色的呀？」

「兩條都可以。」父親回頭對著房間喊。

女人雙手舉在胸前，左右手的指尖各別夾著一條領帶，像個模特兒展示商品。「不然都搭搭看？」

父親也就順了她，繫著領帶之間，兩人低聲說話，互相凝望的眼裡藏不住笑。女人的口紅是豔紅色的，鳳凰花般的色澤。

手中單薄的紙張忽然有了怪異的重量，讓裕明想乾脆放下，就這麼像個無關緊要的旁觀者，沉默看著女人替父親繫上領帶。

「好了，你看看！」女人笑著說。

父親低頭審視，點點頭，再伸手細調領帶的位置。

「怎麼了？不滿意呀？」女人有一種耍賴的味道。

「滿意，很滿意。對啦裕明，你剛剛要讓我看什麼？」父親總算想起。

「沒有。」裕明說謊，獎狀已不在手上，腰桿失去挺直的意願。父親與女人之間有道難以介入的無形氣場，不是小小年紀的裕明能夠擅闖的。

父親追問：「哪沒有？剛剛看你拿了什麼東西不是嗎？」

裕明又往後靠了靠，直到完全貼住椅背。「畢業證書而已，沒什麼好看的。」

「不會啊，畢業證書很好啊，終於畢業了。走，現在去吃牛排。」父親開心地說，直接往門口走去。女人跟在後頭。

兩人的背影逆著光，看起來像相依在一塊，頓時令裕明胃口全消。他猶豫後說：「不……我跟同學約好了。要去、要去雜貨店買冰吃。」

「雜貨店哪時候想去都可以，今天是好日子。」

裕明垂下頭，盯著膝蓋。「我不餓。」

「等你看到牛排就會餓了，牛排很大，黑胡椒醬很香的。來，快點站起來。我們出門。」父親催促，上前要拉起裕明。

女人環抱住父親的手臂，輕易攔下他。

「人家小孩子不想要，就別勉強嘛。」女人像個體諒孩子的慈母，溫柔地勸著父親。可是她與裕明毫無血緣關係，不過是曾經的幼稚園老師。

老師小鳥依人般挨著父親，不著聲色掃了裕明一眼。眼神仍是那樣冷。低頭的裕明沒看見，可是他聽出老師話中的虛情假意，只有越加反胃。

父親皺眉，還想再勸，老師接著撒嬌：「走啦，我餓了。你剛剛那麼賣力，一定也餓了。」

「在小孩子面前別說這個。」父親尷尬地制止。

「好啊我不說，快去餐廳。」老師拉著父親的手，就要往門外走去。

「裕明，你真的不去？」父親不死心再問。

「我不餓。」

父親嘆氣，手臂掙開老師的環抱，從皮夾掏了錢，交給裕明。「你拿著，等等餓了去買個東西吃，知道嗎？」

「知道。」裕明避開父親的臉，就盯著錢。

待父親跟老師離開，裕明拿出藏在身後的獎狀。早些時候還滿心珍惜，現在卻壓出好多難看的皺痕，還給汗水弄濕。

老師的香水味殘留不散，像討厭的陰魂盤據在屋，對裕明來說格外刺鼻，要比學校打掃廁所用的鹽酸更難聞。不過他不用回去學校報到了，不必再清掃廁所。

今天是小學的畢業典禮，就這麼一次。

裕明攤開獎狀，已經無法回復成先前的完美模樣。他抓住兩端，輕易將之撕開。都無法復原了，不管是這張沒能讓父親看見的廢紙，或是這個母親不再回來的家。

他是絕對不會接受那個女人，不管老師與父親有多親熱，全是他們兩個的事。裕明不認，更不服。他肯定，那女人亦是不可能接受他。如此露骨的敵意，哪怕是小學生都能看得明白。

裕明屏息穿越香水瀰漫的客廳，打開置在牆邊的收音機，然後放進卡帶，按下播放鍵。

「什麼時候兒時玩伴都離我遠去，什麼時候身旁的人已不再熟悉……」

出現的是不屬於他這年紀會聽的歌曲。記憶中，母親總愛聽這些歌，她留下的東西太少，裕明甚至不能肯定，現在還能不能記得母親的長相。

曾經母親留下紙條，承諾終有一天會回來找裕明。這麼多年過去，卻始終音訊全無。

他靜靜聽著，忽然把撕成兩半的獎狀揉成一團，扔往空中。

劃開一道孤零零的弧線後，紙團應聲落進垃圾桶。

第二章

天與地

4

一塊紙團劃過空中，不偏不倚落入垃圾桶。

裕明吹了聲口哨，對自己的準度感到滿意。這次被扔的不是獎狀，而是廢棄的稿紙。

幾年過去了，已是高中生的裕明擺脫稚氣的嬰兒肥，有著稜角分明的臉孔。略為憂鬱的眼神帶著一絲叛逆的味道。

校刊社的辦公室裡，幾張課桌並排成一塊大方桌，他佔去其中一個位子。桌面擱著稿紙與筆尖被磨鈍的鉛筆、形狀歪斜的橡皮擦。今天段考結束，只有裕明來報到，其他社員不見蹤影。

天花板的兩架電扇來回轉動，捎來微熱的風。裕明手中的筆同樣旋轉，不間斷地在指尖劃出圓圈。

他望著新的空白稿紙，整理腦中思緒，偏偏像團糾纏的毛線難解，只有瞪著空格的份。

他抓了抓頭髮、撥開瀏海，積蓄室內的熱氣令他忍不住解開幾顆鈕扣。這身制服的材質在夏季只有逼人流汗的作用。

窗邊另有惱人的喀喀聲不停干擾，是窗簾被風拂動，底部加重的鐵片在牆與窗面之間來回碰撞。裕明扔掉鉛筆，索性將窗簾收成一束，然後倚在窗邊放空。發現外頭涼快許多。

跑道上，或走或跑的學生像錯落的跳棋，影子被午後斜陽拉長。

儀隊的成員在苦練甩槍，木製的練習用槍被甩上頭頂，在半空兜轉幾圈後掉落。不熟練的同學在這種時候最容易掉槍，有的人甚至連邊也碰不著，只有撲出去撿槍的份。

裕明隔窗看著，忽然覺得很愜意——假如不去理會還沒順利寫出來的稿子。

想到稿子他就心煩，越加不肯離開窗邊，一心逃避。儀隊又有人掉槍，他發現那個女學生有些眼熟，原來是同班同學。

沈光儀？她也是儀隊的？裕明心想，這個女孩他不熟，可是印象不錯，常笑，看起來人也好，常常主動幫忙班級事務。

操場上的沈光儀生疏地練習拋槍，抬頭戰戰兢兢盯著，隨後慌忙伸手去接。笨拙的模樣讓裕明忍不住笑。

「加油囉，沈同學。」裕明彎起一邊嘴角，看起來有些壞。這是他習慣的笑法。

「什麼事情這麼好笑？」忽然有人問。

裕明轉頭。原來是校刊社社長，一個戴著厚鏡片眼鏡的男學生，留著中分的短髮。鈕扣整齊扣好，只留最靠近領口那顆。

「你衣服怎麼沒紮？小心被教官看到。」社長提醒，用腳把門關上，再將懷中一大疊作業本放上桌，恰好瞥見裕明留下的稿紙，吃驚地喊：「全部空白？你到現在還沒寫完？」

面對一進門就嘮叨不停的社長，裕明相當頭痛，好像有隻聒噪的老母雞在耳邊吵個不停。他耐著性子，陪著不怎麼真誠的笑容：「沒辦法，你要我怎麼下筆？我實在不知道校長對學校有什麼貢獻。」

社長反駁：「哪會沒有？校長耶！」

「就是沒有。」裕明頓了頓，故意裝作恍然大悟地說：「我想到了。校長最大的貢獻應該是朝會時連篇廢話，讓曬昏頭的學生散會後衝去買飲料，增加合作社的收入。」

「你在說什麼？不要這麼憤世嫉俗好不好？安分一點不要亂寫，上次才被你害得要跟老師賠罪。教官最近也在盯。真的不要亂寫。」社長顧忌地說。想到要面對教官，他的頭就開始痛了。

「事實就是事實，有什麼不能寫的？」裕明不以為然地笑了笑：「我們是校刊社，寫作的人不是應該要書寫真實嗎？」

「有些東西就是不能寫，何況有太多是你個人主觀的看法。」社長從成疊的作業簿中抽出一本，順著桌面推向空白的稿紙。「練習的作文批改回來了，老師對你很肯定，還說之前交件的作文比賽，以你的程度要得名不是問題。老師覺得你應該從高一就開始參加的，還能多拿幾張獎狀。」

裕明打開作業本，瀏覽那行紅筆書寫的評語，露出不太意外的表情。他對自己的文筆總是很有信心。

「你如果不要這麼偏激，搞不好現在就是你當社長了。」社長嘆氣，忍不住補了一句。

裕明滿不在乎地說：「我又不是為了當社長才加入校刊社。」

社長皺著眉頭，質問：「你是在諷刺我嗎？」

「你誤會了。」裕明淡然聳肩，收拾起紙筆，「我如果真的要諷刺人，不會只有這樣的力道。」

「王裕明！」

「有聽到，不用這麼大聲。」裕明遞出成疊空白的稿紙，「這種憑空杜撰的拍馬屁文章，我真的寫不出來。我不想說謊，另外找別人吧。」

「後天就要交了，這麼臨時你要我找誰補!?」社長瞪大眼，不敢相信裕明這樣無賴地推卸。

「不然留白吧，正好跟校長的貢獻一樣。」裕明往社長的懷裡硬塞稿紙，無視對方的叫喚，逕自離開社團辦公室。

×××××

陽光映射的走廊殘留暑氣，裕明有踏入烘爐的錯覺。放學後的校園很寧靜，喧嘩來自好遠的地方，像晨霧般朦朧難辨，只有依稀的聲音輪廓。

他經過穿堂，登上樓梯，最後來到圖書館。

館內微涼的氣息流瀉而出，像觸手搔刮著。站立門口的裕明清楚感受到溫差，有一種無法言喻的興奮。

他探頭，值班的管理員不在。於是大方走入，穿越無人的閱覽區，直上書庫。書庫的聲音彷彿被全數抽取，靜謐如陵墓。這裡當然沒有死屍，每一本書都像乖巧熟睡的小獸，等待被人喚醒。

裕明走過一排又一排的書架，讓肺攝取飽含紙本味道的空氣，那是擁有足夠藏書才能出現的氣味。他伸出雙臂，按在兩側架上。向前的腳步不停，掌心依序撫過每一本書。紙頁的觸感清楚留在手上，刻入掌紋之間。

進入館前的興奮已然冷卻，但是喜悅不減。他的表情不能更平靜了，連眼裡藏著的憂鬱都減輕許多。只有在這裡、這個被書堆擁抱的地方，他才最自在。

裕明熟門熟路繞過迷宮般的書架，取過其中一本書，來到靠窗角落，俯瞰窗外的風景。

這裡樓層更高，地面的人與物更加渺小。視線一抬，就看見附近民宅的屋頂，幾戶陽臺掛著晾乾的衣物。載滿學生的公車經過校門口，另外有三三兩兩的學生在對街雜貨店買零食。換了方向，便能看到遠方如海市蜃樓的山峰起伏，絲狀的雲均勻布在泛橘的天上。

他的思緒隨著變化莫測的雲絲飄遠，好久以後才回神。席地坐下，磁磚雖然堅硬，但對他來說已是足夠舒適的位子，又能捕捉窗外透進的光。夏季的白晝夠長，足以供裕明閱讀。

這本書他讀到一半，沒有借出，就擱在書庫裡。反正每天都會來報到。一旦翻開書本，便整個人沉浸在字裡行間。

自從母親離家、自從決定疏遠父親之後，這些日子陪伴他成長的都是書本，偶爾伴著母親留下的錄音機卡帶。獨自在家的時候，聽著不怎麼喜愛但飽含對母親懷念的歌曲，窩在房內看書，一本接著一本……

讀久了，裕明再也不能被單純的閱讀滿足，開始試著寫。寫久了，愈顯純熟。

除去校刊社內部，他的文章在班上也能獲得一定的好評，理所當然為此驕傲，畢竟一直以來付出相當程度的努力，跟其他學生的應付心態有著決定性的差異。

可惜關於校刊要特別歌功頌德、讚揚師長的部份，裕明倒是連應付都不肯了。

那種沒營養價值的文章，留給其他人吧。只可惜當初沒有立刻拒絕，拖到現在給社長添了麻煩。

了不起開天窗，他想。反正不是必要的文字，印刷成冊全然是浪費油墨。

裕明不再多想，翻開書，接續未完的部份繼續讀著。這裡好靜，連翻動紙張的聲音都顯得巨大。他規律地一頁翻過一頁，直到翻頁之外的聲音出現——

有人。

被打擾的裕明抬頭，環顧面前的重重書架，難掩不悅，彷彿地盤被入侵的獸。對方穿梭在書架之間，走走停停。裕明牢牢鎖著聲音的方向，希望這傢伙趕快找到中意的書，然後滾出這個空間。

與他預期的相反，聲音逐步逼近。裕明乾脆坐等，想看到底是什麼貨色。

對方終於現身，雖然是同樣的校服，但腳穿的皮鞋明顯昂貴，質料與粗糙的學生皮鞋不同。

裕明眼珠一抬，望清眼前那張臉孔。

他在校內認識的人有限，可是對方太有名了，哪怕沒實際接觸過也不會錯認。前陣子，才在公布欄的獎懲單看見這名字——高雲生。

高雲生被賦予兩支大功。理由是「特殊貢獻」。所謂的「特殊貢獻」並不特殊，說穿了，是因為高雲生的父親捐錢給學校。很多很多的錢。

裕明還記得曾在舊校刊看過這樣的報導：「全校師生銘謝高委員捐贈教育基金，本校將用此更新諸多設備。」因此一個嘲諷的念頭閃過他的腦海，比起拍校長馬屁，應該把高雲生父親的功德偉業寫進校刊才是。

身形高眺的高雲生發現角落有人，很是訝異，他低頭俯視。端正的五官透著貴氣，不是暴發戶的粗鄙錢臭，而是出身權貴世家特有的氣質。

這類人正好是裕明最反感、最不願意有所接觸的。無論是那昂首闊步彷彿坐擁一切的優越感、或是被眾人爭相討好，彷彿餓狗圍肉的模樣，都令裕明反胃。

裕明與之對視，骨子硬又誰都不服的他就這麼筆直看著高雲生，直到後者露出淺笑：「你是王裕明，對吧？」

「高雲生。」裕明同樣叫出對方的名。

「你知道我？」高雲生倒不訝異。

「怎麼可能不認識？學聯會會長，鼎鼎有名的天之驕子。」裕明絲毫不帶讚賞的意味。除了獎懲單上的特殊貢獻，他還知道高雲生屢次在校內的作文比賽得名。

那些比賽的文章，裕明始終無心去看，自認書庫內埋藏更多值得一讀的作品。在這之外，主要的原因是自傲使然。在潛意識裡，他不認為面前這個富家公子真有那樣的本事。

高雲生莞爾一笑：「天之驕子？原來你是這樣評價我的。我看過你刊載在校刊上的短文，公開質疑師長還有學校的制度真的很大膽，那時候我就好奇你是怎麼樣的人。」

「現在你失望了嗎？」

「跟我想像的很類似。教官一定常找你談話。」高雲生打趣地說。

裕明彎起半邊的嘴角，露出玩世不恭的冷笑：「教官的話我當沒聽見。反正出了學校，他什麼都不是。」

高雲生忽然抱著肚子，放縱大笑：「有種、你太有種了。比那些故意裝帥、但孬得要命的人好多了。教官出了學校什麼都不是，虧你能這樣想。哈哈、哈哈！」

這突然的讚賞讓裕明難以應對。他尷尬別開目光，恰好看見高雲生夾在腰上的幾本書，有文學小說也有歷史傳記，正好與他偏愛的題材相同。這更增添裕明對高雲生的反感，有一種被模仿的嫌惡。

高雲生笑完，對著裕明伸出手：「我要重新自我介紹。我是高雲生，不是天之驕子。」

裕明看了看那懸在半空中的手掌，沒有回握。冷淡表示：「我不喜歡刻意與人結交。」

「這樣啊。」高雲生揚起一邊的眉頭，「那真是太可惜了。很少有人糟蹋我的好意。」

「在書庫大笑，才是真正的糟蹋。」裕明的牙齒一向很利，要比筆尖更加刺人。

受辱的高雲生驀然收回手，插進口袋。他收斂所有的笑意，權貴子弟特有的凌人氣勢從每個毛孔散發出來，黑白分明的大眼炯炯瞪著裕明。

不甘示弱的裕明還以冷酷瞪視，無聲的怒火在雙方之間熊熊燃起。

高雲生冷哼，扭頭離開。

裕明再次翻開書頁，卻發現再也不能專心在文字之中。他啪地一聲闔起書本，望著足音遠去的方向。

5

裕明手指夾著煙，倚在小便斗旁。飄散開的煙霧從小窗流散出去，外頭的藍天正藍。

這間廁所遠離各個班級還有主要處室，是校內最偏僻的角落之一。裕明常躲在這裡抽煙，不管是避開老師或教官都方便。

作文比賽的結果揭曉，裕明如預期的拿下名次，在今日朝會時上臺領獎。卻沒有從中得到任何喜悅。這不單因為僅僅拿下第二名——他的目標從來就只有首獎。

「我覺得……第一名應該是你才對。」在門口把風的阿強說，靠在門邊的他有半個身子踏在廁所內，手裡同樣有煙。

我也覺得該要是我，裕明心想。令他無法開心的原因，全因為拿下首獎的不是別人，正是高雲生。

走上司令臺領獎時，高雲生是如此意氣風發。在全校師生面前，滿溢驕傲的笑從校長手中接過獎狀，彷彿一切是那樣理所當然。所謂的天之驕子。

那是如此刺眼，彷彿灼目的烈陽，令裕明無法多看。

當裕明獲領獎狀，紙張觸手的剎那，曾有瞬間的衝動想扔下不理、甚至撕毀。他無法接受如此狼狽的結果。

本來對得獎作品毫無興趣的他，終於破天荒去檢視別人的文章。精準來說，只針對高雲生。在反覆細讀後，裕明更加認定，首獎頒錯人了，高雲生的文筆還差他一截。

「我班上的同學也說你寫的比較好。可惜碰到高雲生……他爸有錢，捐很多給學校，難怪老師都要賣他面子。」阿強探出那張頭髮短得可以看見頭皮的圓臉，像謹慎的土撥鼠，留意教官有沒有突然出現。

「劉老師對你也很肯定。真的好可惜。」阿強抽完最後一口，把煙扔進馬桶沖掉。除了同樣是校刊社的社員，與裕明國中時亦是同校，兩人相當有緣。

裕明再吸一口煙，指尖的煙發出燒紙聲，尼古丁與煙霧竄進喉中，帶來刺激的燒灼感。他重重吐煙，擺脫不掉心中的不快。見底的煙蒂隨手扔在腳邊，從煙盒再取出一根。

「你還要抽嗎？第三根了，會不會太多……」阿強見了，擔心地問。

「不會。」裕明點火，仰頭衝著天花板吐煙。多抽的結果是換來噁心的暈眩，他打了寒顫，皮膚泛出雞皮疙瘩。用力閉起眼睛，等待陣陣的暈眩退去，平復後才問：「你有聽說嗎？」

「聽說什麼？」阿強納悶。

「高雲生在校內抽煙都沒事，教官睜一隻眼閉一隻眼當沒看見。我們得要偷偷摸摸，趁午休時間打著去校刊社出公差的名義，才能躲在這裡。」

阿強撿拾裕明剛剛扔掉的煙蒂，同樣沖入馬桶。「他爸是立委，不要說教官，搞不好校長也要賣他面子。算了啦，人家老爸就是比較厲害……」

阿強的苦勸惹得裕明更加不悅：「每個人都是付一樣的學費，為什麼會有差別待遇？老爸是立委又如何、捐很多錢又怎麼樣？誰看不出來是為了買名聲綁樁腳。」

算起來，在書庫遇見高雲生的那次算是打過招呼了，裕明相信自己在高雲生心中留下足夠差勁的印象。高雲生亦是加強裕明對他的負面觀感。

他沒忘記高雲生伸出手，有一種對著乞丐施捨似的味道。

「很少有人糟蹋我的好意。」高雲生的話言猶在耳，裕明對著空氣一揮，算是彌補那日沒將高雲生的手拍掉的遺憾。

「今天高雲生如果跟我一樣沒有顯赫家世，我不信他能得獎。連佳作也不配。」裕明的手高舉過頭，把煙蒂往馬桶砸。

「別氣啦……」阿強安撫，「別想這些了。對了……伯父最近怎麼樣？」

提及父親，裕明臉色一沉，彷彿廁所內的陰影瞬間蒙上臉。他的語氣冰冷，彷彿在談論與自己無關的事：「還是那個樣子。」

於是阿強識相地不再多問。

××××

午休即將結束，裕明跟阿強在外多逗留一會，確認殘留在身的煙味散去才各自返回教室。

乍醒的同學們多半瞇著眼，露出分不清身在何處的茫然感，卻還能反射性地往抽屜摸索課本，往桌上擺出文具。

下午第一堂課是地理。年過半百的男老師在上課鐘還沒打響前就進來教室，把保溫茶杯往桌上一放。從前門進入的裕明經過講臺，便聞到杯中隨著熱氣瀰漫開的中藥味。多半是人蔘與枸杞，或許還有紅棗。

「要上課了，趕快坐好。」地理老師操著濃重的口音，抓了抓布滿老人斑的手臂，將畫滿註記的教科書翻開。

裕明沒聽進去講課內容，無論是黑龍江周圍的地緣關係、或是與四川盆地氣候差異的比較，都被阻隔在耳膜之外。

地理老師忽然停下，顧著抄寫筆記的同學好奇地陸續抬頭。地理老師拿起保溫茶杯，抿了幾口，又刻意咳嗽幾聲，才緩緩說話。

「同學你們聽好，考試成績是幾分就是幾分，不要像隔壁班的同學竄改成績。這個讓我發現，一定找訓導處處理，先記大過、再加愛校服務。以後的考試也會特別盯著。做人無非是禮義廉恥四個字，你們知道沒有？」

同學們你看我我看你，最後望回地理老師，眾人紛紛點頭。地理老師又抿了一口茶，長嘆一聲後繼續分析四川境內的諸多河流。

附近的同學回復抄抄寫寫的動作，唯有裕明一動不動。他一再陷進只獲得第二名的屈辱，接連的幾堂課都如繭一般困在座位。

放學鐘聲響起，鬱悶的裕明把課本跟文具胡亂塞進書包，匆匆起身。結果差點撞上人。

「抱歉。」裕明隨口道歉，發現是沈光儀。

這個清秀女孩抱著儀隊的木製練習用槍，睜著溪水般清澈的眼睛。這年代的學生還被髮禁限制，女生只能留清湯掛麵的整齊短髮，沈光儀也沒例外，幸好這髮型配上她不顯難看，反而有種俏皮感。

沈光儀試探地問：「你還好嗎？」

「我？還好啊。」裕明當然不會承認，故意裝成一副沒事人的模樣。

沈光儀憂心地說：「可是你臉色好難看。今天領獎，應該是很開心吧？」

「只拿第二名，不如不要。」裕明像在談論廚餘般輕蔑。

沈光儀發出小小的驚呼，不能理解地說：「怎麼這樣說？很厲害了！全校這麼多人，可以得獎真的不容易。開心一點！」

裕明擺出僵硬的笑容，短短維持幾秒又回復原來的臉色。「這樣夠開心了嗎？」

「太不情願了吧。你寫得明明很好，有什麼好不開心的？」

「就是沒有值得開心的，才不開心。」裕明說。比起喜悅，實在是憤怒的成份多了些。眼看沈光儀還要繼續在這話題打轉，他乾脆搶先岔開：「你要去儀隊？」

「對呀，放學後都要練習。」

裕明想起先前在校刊社眺望操場，見到儀隊練習的景象。「我有看到你掉槍，在操場上。」

沈光儀忽然漲紅臉，抱緊懷裡的槍慌張解釋：「那是因為我手腕扭傷，這幾天連拿筆都很吃力。不然我是儀隊裡面掉槍次數最少的人呢！」

這羞臊的反應讓裕明忍不住笑：「都受傷了，為什麼還不好好休養？不怕傷勢更重？」

「因為要給學妹作榜樣。最近有幾個人新加入儀隊，要趕快帶她們上手才行。」

但你一直掉槍說不定是造成反效果吧？裕明心想，不禁莞爾：「好喔，沈同學加油。」

「你也是……」沈光儀點點頭，遲疑幾秒，還是抱著木槍離開。只是她忽然想起什麼似地，轉過身來。

裕明納悶，而沈光儀認真無比地說：「我真的覺得你寫得很好。比首獎還要好。」

他愣了愣，不知作何反應。

沈光儀停頓了，還有話沒說完。但就到這為止了。裕明的沉默讓她無法多說些什麼，匆匆點頭便離開了。

目送沈光儀的身影走遠，裕明心裡有個強烈而堅定的想法：沒錯，我是更好的。我一直都知道。

出了教室，他考慮是否該直接往書庫報到？但又想高雲生說不定會出現，實在不想再看到那張臉孔。

偏偏事與願違，從走廊一側迎面而來的居然是高雲生。

他如領頭羊走在最前方，其後跟隨的數名學生都是跟班。團體內什麼樣的人都有，除了學聯會的成員之外，高雲生另外還收編好幾人，自成一股勢力。

這個富家子弟昂首闊步，散發巡視地盤似的優越感。

兩人之間的距離逐漸縮短。那張驕傲的臉越來越近、越近……

裕明手按在書包背帶上，隨著高雲生的接近握成拳狀，擠出泛白的指關節，拳眼燙如火燒。

高雲生肯定有看見他，誰都不可能錯過誰。偏偏就這麼擦身走過，全然無視裕明的存在。

「喂，不會讓開？還是癱瘓？擋在這邊幹嘛？」其中一個跟班粗魯地用肩膀頂開裕明。

裕明哪可能默默吞忍，當下叫住：「走狗。你撞什麼撞？」

那跟班不可置信地瞪大眼睛，面部的肌肉糾結起來，皺成一張難看的嘴臉。「你叫誰走狗？」

「當然是你。」裕明的手離開書包背帶，拳頭越加握緊，處在揮拳邊緣。

另外幾人接著停步，繞過來包圍。怒火衝腦的裕明天不怕地不怕，無懼眼前處境，與那些跟班相互叫囂。這起騷動引來其他同學的旁觀，他們都離得遠遠的，沒人敢接近，就怕受了波及。

「你在遷怒嗎？」在激烈的叫囂之中，傳來高雲生的嘲諷。裕明聽得清楚，立刻撇下眼前齜牙咧嘴的跟班不理，直接面對他們的主子。

高雲生毫不掩飾輕視的笑意，繼續追擊：「校刊社的又如何？你的水準也就這樣了。第二名。」

那「第二名」的語氣被刻意加重。裕明衝上前，卻被幾名跟班擋住。他隔著人牆大吼：「你還不是靠你爸捐錢才拿到第一？」

「閉嘴！」高雲生臉色陡變，鐵青難看，沉聲威脅：「你再說一次試試看。」

「你就是靠爸才拿到第一。」性子倔的裕明當然不會客氣，要他說一萬次都沒問題。

高雲生盡顯凌人的怒意：「你輸不起？可以啊，很簡單。你現在下跪求我，我就考慮施捨你，下次不參加了，讓你拿個第一名過過癮。」

高雲生說話之間擠過一票護衛的跟班，直接來到裕明面前，食指如錐用力戳上他的胸膛。「告訴你，我生來就是要當贏家的。」

裕明忽然咧嘴，笑得極為不屑。「你講清楚，是要求你、還是求你爸？」這挑釁的話一說完，沒等高雲生反應，旁邊的跟班率先發難，或擠或推，要裕明嘴巴放乾淨、趕緊認錯道歉。

在推擠之中，裕明的書包掉了。雖然被迫後退，仍是挺直腰桿，仰起下巴，氣勢絲毫不讓。

「那邊的同學停下來，你們在幹什麼？全部散開！」這番騷動不只是驚擾同學，把教官也引來了，他一面呼喝要沒事的同學趕快回家，一面走向爭執的中心。跟班接連讓開，退到走廊兩邊。

裕明與高雲生持續對峙，誰的腳步都沒挪動半分。教官介入兩人之間，那一身綠色軍服燙得筆挺；高雲生的校服亦是嶄新光亮，白如新雪，與裕明皺痕累累的校服恰成明顯對比。

教官略過裕明，首先詢問高雲生：「發生什麼事？」

高雲生按抑怒氣，得體應對：「報告教官，其實沒什麼事，就是一點小爭執。

請您不用擔心，我們馬上就離開。」

既然領頭的高雲生開口，旁邊的跟班馬上跟著附和：「對啦教官，沒事！」

「很好，沒事就好。」教官點點頭，相當乾脆地決定不再追究。「你今天才上司令臺領獎，恭喜你。文筆真的不錯。訓導處那邊收到你的申請單了，像你這麼優秀的好學生，要連任學聯會會長一定沒問題。教官很看好你。」

教官親暱地拍拍高雲生的肩膀，「既然沒事就趕快回家吧，別讓家人擔心了。」

「謝謝教官。」高雲生不卑不亢，英挺的他的確具備優秀學生的模板。

高雲生率領一眾跟班離去，又一次無視裕明的存在，後者消化不掉怒氣，僵立原地，視線狠狠咬著高雲生的背影。

「等一下，你站住。」待裕明想離開時，卻被教官攔下。

裕明不能理解地停住。

教官眼珠子下瞄，看制服的繡字確認姓名，接著喝斥：「王裕明，制服是這樣穿的嗎？鈕扣扣好、還有要紮起來。你連這點基本的校規都遵守不了，將來是不是要作奸犯科？」

裕明咬著牙，兩頰肌肉綳得死緊。面前的教官訓話沒完沒了，口水不時噴上裕明的制服。好一個差別待遇。他在心中冷笑，不回話，不浪費力氣說話。教官要怎麼樣便怎麼樣吧，管他的。

「今天先記你一支警告，以後制服要穿好，知不知道？還有別在學校裡面惹事生非，我會盯著你。」教官隨手登記，然後撥正帽子撇頭便走。皮鞋的鞋跟踏在走廊上，響亮有聲。

裕明拾起剛才遺下的書包，隨手拍去灰塵。現在的腦袋難以冷靜，有股氣血不斷上衝，甚至可以感覺到頭蓋骨周邊血管的脈動。他決定不進書庫，先離開這個不公平的鳥地方。

他走沒幾步，發現沈光儀人在不遠處看著，接著快步朝他跑來。

「你不是去練習？」「你沒事吧？」

兩人同時說話，又同時沉默。

裕明嘆氣，煩躁地搔亂頭髮。「沒事。先走了。」

他把書包甩上肩，快步下樓。途中隱隱約約感覺到其他學生的異樣目光，是因為剛才當眾起衝突、還是因為爭執的對象是高雲生的緣故？

6

裕明騎著腳踏車，在外漫無目的亂晃，直到天色黯淡，街燈陸續亮起。

他獨自坐在長椅上。這時間的公園冷清許多，鄰近的人家正在料理晚餐，醬油與炒蒜爆香的味道從抽油煙機的排煙管竄出，染得空氣汙濁如油池。

這股香味完全沒有打動他。不餓，完全沒有食慾。胃空蕩蕩的，好像有個深洞讓內臟跟血流不斷陷落，最後只剩下這個名為王裕明的皮囊。

經過幾番考慮，裕明仍然不知道該往哪裡去，才能排解掉心中的不愉快。他不斷被扔棄獎狀的念頭糾纏，只好從書包拿出代表第二名的紙張。邊緣已經不再平整，一道無法隱藏的皺痕斜越了整張獎狀。

忘記從什麼時候開始，他不再珍惜這類東西，視為廢紙。

放空的思緒被拉回到好久以前，回到國小畢業的日子，想起無緣向父親炫耀的市長獎。

就是那一天。

現在，這東西拿在手中只有更顯屈辱。教官稱讚高雲生文筆的時候，裕明差點當場笑了出來。原來權勢可以輕易蒙蔽很多東西，包括一個人的認知。

真的瞎了吧，不管是表面道貌岸然的教官或是負責評比的師長。

裕明把獎狀塞回書包，牽起腳踏車。就算不知道該往哪裡去，還是得回家。

在家門之外，裕明恰好碰見住隔壁的李大嬸。這個生了一張長馬臉的婦女，剛從雜貨店購物回來，拿著米酒跟袋裝精鹽。

李大嬸的眼神不自然飄開，急著保持足夠的距離繞過裕明。這種過於刻意的舉動，讓裕明故意從口袋掏煙，作勢點火。

偷瞄的李大嬸看到這幕，窺伺的眼睛微微瞪大，好像見到什麼不得了的犯罪。刻薄的嘴唇蠕動幾下，隨後一溜煙竄回自宅。

裕明把煙原封不動放回煙盒，剛才是故意做戲給李阿姨看。這個愛說三道四話人長短的鄰居，自從知道裕明家中陷入單親狀況後，就愛用異樣的眼光看待。

換作平常時候，裕明是絕對不會讓這八婆知道他抽煙的。只是今天懶得管了，要說便說個夠吧，他佛心地贊助素材，供這些失卻目標、只剩盲目度日的閒人能夠盡情嚼舌根。

裕明回到家，發現客廳的陰影中有人。父親陷進沙發，桌上是半瓶高粱酒以及斟滿的玻璃杯。他看不太清楚父親的樣貌，或許是陰影過剩，也可能是詫異那張臉孔怎麼能如此陌生。

這些年，父子的關係只有越來越疏離。

「回來啦。」父親拿起酒杯，一口飲盡，發出辣舌的嘆息。「吃過飯沒有？冰箱裡面有小菜，餓了的話拿來吃。」

「吃了。」裕明說謊，避開滿室的酒臭，逕自走入房間。

他卸下書包後隨意扔置，一屁股在書桌前坐下。打開檯燈，燈光照亮桌面與陰沉的臉。桌邊堆著幾本書，還有摺疊起來的空白稿紙。

他望著桌面發愣，木質的無數紋路像思緒細密又混亂。人就這麼靜止不動，從外覆蓋在玻璃窗面的黑暗越來越深，時間無聲流逝。

忽然，房外傳出玻璃瓶碰地的聲響，好像在耳邊敲響。裕明忽然有了聞到濃重酒味的錯覺。是父親酒醉誤觸、還是蓄意發洩將酒瓶一口氣從桌上掃落？

他不禁想，當初母親離家，會不會就是被父親趕出去的？像掃落酒瓶那樣捨棄掉，只因為有了新歡。

曾經介入這個家庭的幼稚園老師，如今已失卻了蹤影。

他是在父親開始頻繁飲酒後察覺的。這樣倒好，不必再擔心返家時會撞見房內的喘息與呻吟，不用應付那女人虛情假意的關懷。

那抹鳳凰花似的濃豔口紅、還有裙擺的碎花圖樣終於一一謝落，在記憶的腐土中潰爛。

他打開抽屜，取出藏在最底部的筆記本，連續翻過幾頁，每一面都是空白，直到露出藏匿其中的祕密——母親留下的舊紙條。

「裕明，在幼稚園要乖喔。媽媽暫時不會回家了，你會乖乖等我吧？記得這幾天幫媽媽留報紙，你知道媽媽最喜歡看報紙了。回來一定跟你一起看，就像之前那樣，好嗎？」

這是母親唯一留給他的訊息，要裕明乖乖等待她回家。從小學到高中，裕明不時拿出來懷念，紙上的字跡早已深烙腦中，即使閉眼都能想像得出來。可是唯有實際拿著紙條時，才能感覺到母親殘留的餘溫。

這麼多年的音訊全無，裕明心裡有數。

歷經這些年的遭遇，裕明有了顯著的形變，稱不上成熟，卻也不再是當年那個傻孩子。等待都有個期限，這張紙條早已過期，是該隨著這個滿是缺口的家腐朽。

裕明手握紙條，攥著獎狀離開房間。客廳漆黑一片，他開了燈，揭去陰影的黑幕後，便見到父親歪垂著頭在沙發沉睡，混濁的打呼聲像溺水的牛。翻倒的杯子浸著潑灑開的高粱，酒臭更盛。

裕明瞥了一眼，那是相當冷漠的視線。他推門來到屋外，將紙條與獎狀捲起。打火機喀擦一聲，小小的火苗爬梯般沿著紙捲上升，燃起黑煙。

在即將燒及指頭的瞬間，裕明鬆手，著火的紙團落地，在火中瑟縮成灰燼，然後被一腳踏碎。

返回屋內時，又經過酣睡的父親。在鼾聲之外，有隔壁李阿姨家的電視聲。隱隱約約，聽到李阿姨一家老小的陣陣笑聲。他可以想像得到那張長馬臉笑得花枝亂顫的癲狂模樣，雖然醜陋，卻要比這屋裡滿溢的腐敗氣息好得太多——

他驀然想起高雲生。

那個天之驕子，一定不懂平民老百姓的頹喪、一定是過著光鮮亮麗不帶一點灰塵的富裕生活。要什麼有什麼，連名次都能輕易入手。

裕明不懂，難道家世不如人，就只有默默吞忍的份？眼睜睜看著那些權貴之人坐擁不該屬於他們的名聲？

裕明快步回房，坐回書桌前。檯燈下的稿紙空白無字，但心中已有盤算。他動筆，開始針對師長偏袒「某些學生」這點撰寫文章。

「書寫真實。」他想，筆尖越來越快，恰如憤怒而快速流遍全身的血液，沸騰似火焰焚燒。

裕明完全沒料想到，這番舉動會給校園生活帶來劇烈的變化。

××××

豐盛的菜餚擺了滿桌，雖然是自家飯廳，卻堪比市面的餐廳豪華。天花板懸掛一盞水晶吊燈，圓形的大餐桌搭配質地良好的紅木椅。擺在飯廳牆邊的瓷器花瓶，每一樣看上去都要價不斐。

返家的高雲生早早脫去校服改換便衣，今天因應客人來訪，所以選擇襯衫這類較為正式的穿著。

管家接連撤菜上菜。高雲生很少動筷子。在這種場合，食物從來都不是重點。

來訪的客人是高雲生父親在學生時代結識的好友，姓沈，在市立醫院當主任。斯文的他戴著金屬細框眼鏡，梳著旁分油頭，散發學識豐富的讀書人氣質。

高父與高雲生的面貌有幾分相似，身形同樣高䠷，年過四十但沒有臃腫的肥肚。盡顯位居要職人士的意氣風發。

兩人聊得開心，不免提及以前的種種趣事。

沈主任笑著對高雲生說：「我跟你父親啊，當年除了比考試成績，還比誰以後的成就更好。聯考放榜，我考上醫學系，覺得自己贏定了。結果醫學系七年，實習的時候差點沒逼死我，現在好不容易爬到主任的職位。你爸呢，聯考成績跟我比是普普通通，沒想到當了立委。」

沈主任端起高腳杯，碰了一下高父的酒杯。兩人啜飲紅酒，笑得開心。這紅酒看似平凡，但要價抵過普通老百姓一個月的收入。

高父說：「我當立委，雖然是為民喉舌，可是比不上你懸壺濟世、仁心仁術！」

「你就一張嘴很會講。」沈主任轉向高雲生，對他說：「當年你媽媽，就是被你父親這張嘴給騙到。幸好你沒遺傳到，比他誠懇正直多了。這些年看著你長大，我實在覺得是歹竹出好筍。」

「沈伯父過獎了。」高雲生謙虛地說，生在這樣的家庭，自小就學會拿捏應對進退的分寸。

高父撇嘴：「什麼歹竹、講什麼台語？我高家的血統本來就優秀！你應該要說青出於藍。」

「你還真敢說，都不害臊。」高母笑罵，邊替沈主任添酒。「不過雲生真的很優秀，今天才拿了獎狀回來，作文比賽第一名！班導師還特地打電話來祝賀呢。偷偷參加比賽也不跟我們說一聲！」

「那麼厲害啊，」沈主任稱讚，「這不容易，我記得雲生你還常拿鋼琴比賽的名次，有開過演奏會對吧？真是優秀，我女兒如果多跟你學著點就好。你要不要考慮拚個醫學系，畢業可以到我這邊工作，搞不好之後院長換你當呢。」

高父打岔：「這我已經幫他安排了，看是要念個法律系或政治系，學歷比較好看。將來跟我一樣當立委，再來是選市長。我啊，到現在了不起也就是個立委，實在不滿足啊！可是雲生就不一樣了，我跟黨內的人都有交情，到時候每個人幫一把，雲生從政之路一定走得輕輕鬆鬆。現在先從連任學聯會會長試試。打江山容易，守下來才難。雲生，你有把握吧？」

「你別給雲生太大壓力。」高母勸著。

高父手一擺，「什麼壓力不壓力的。這種校內小選舉，隨隨便便都能贏。這些年我一直教雲生要懂得招納別人為己所用。正好趁這個學聯會會長選舉，測試雲生的功夫到哪。說到功夫，你好久沒彈鋼琴了，現在是個好機會，讓沈伯父鑑賞你的琴藝。就彈那個什麼蕭邦奏鳴曲還是莫札特的。」

提到鋼琴，高雲生眼中閃過一絲陰影。他禮貌答覆：「爸，我想先回房間預習功課。明天有考試。」

「彈個琴用不了多少時間。沈伯父難得來，別掃興。」高父皺眉。

高雲生重複同樣的理由：「明天考試很重要，我擔心沒準備好，會被拉低科目的平均分數。琴我很久沒碰，怕讓沈伯父笑話。」

「就是沒碰才要趁現在趕緊彈。」高父催促，眼看高雲生仍是動也不動，搖搖頭，「算了。你去吧。」

「沈伯父晚安。」高雲生向沈主任道別。

高雲生走上樓，牆邊的架子擺放幾座獎盃，是他過去參加鋼琴比賽所獲得。放在最高處的第一名獎盃尤其印象深刻。那次比賽中，他彈錯了音，是絕對致命的失誤。當下即確信與得獎無緣。

事後，父親去找了評審，於是這座獎盃落入高雲生的手中，現在成了展示品。從那之後他看到鋼琴就反胃。即使知道自己生來就是為了當贏家，但不該是這種局面促成……

高雲生偌大的房間幾乎是平常人家的客廳那樣大。他沒有拿出課本複習，「明天的考試」並不存在，只是脫離餐桌不碰琴的藉口。

只是學聯會會長選舉就避不開了，在父親的強烈要求下，高雲生除了參選別無選擇，並要力求連任。本來是練手的好機會。可惜當他參選的消息一出，其他原本有意競選的人紛紛退出，檯面上已無對手。

學聯會會長的位子，幾乎可以說是高雲生的囊中物。

說來空虛，但至少這次沒有父親介入的空間。但是以後呢？被選定大學、當立委、拚市長，每一步都在父親的策劃之中，高雲生至始至終都是延續家族政治生命的一顆棋。

他拿出獎狀，高高舉起，背光的紙張隱約可見印刷的字體。在失去鋼琴之後，書寫文字成了僅有能夠依託的興趣。這是高雲生完完全全靠自身實力得來的，與父親無關。

父親捐錢給學校又如何？他的文章就擺在那，隨時供人檢閱，他也不怕。來吧、你們都來質疑吧，文字不會說謊。

高雲生心想：我就是贏了你們。我是贏家。

7

午休時刻，校園一片寧靜。初夏的陽光穿透鐵窗，落在散發霉味的廁所。

「碰！」裕明像脆弱的稻草，整個人腳尖騰空地撞上木門。空蕩蕩的隔間發出巨大的碰撞聲，空氣為之震動。

受到重擊的他狼狽彎腰，痛楚從背脊蔓延，擴及整個後背。在心臟混亂狂跳之間，慌忙抓住旁邊隔間的門把才勉強站穩。

裕明垂著頭，翻出大片眼白的眼睛不服輸上瞪，鎖著面前那名如熊一般的人。

這人綽號阿文，是高雲生的頭號打手，擁有比成年人還要魁梧的身材，曾經被選入校隊作為三鐵選手。

阿文的聲音低沉難辨，語調遲緩得詭異：「警告你……不要亂寫……」

他笨拙踏前，結滿厚繭的大手伸來，用力朝裕明一推，再次重複：「警告你……不要亂寫……」

裕明退了幾步，隨即揮拳反抗，打在阿文的肉身卻像陷入沙包。肥厚的皮下脂肪不僅增添體積，還是良好的緩衝墊。

阿文動也不動，龐大的身軀阻住裕明的視野。阿文的身後是一票面色不善的跟班，全是受高雲生的命令，專程過來恐嚇一番。

裕明怎麼也沒想到，高雲生如此明目張膽派人在校內公然逞凶。更沒料見這個曾經是避開師長放空抽煙的好地方，現在竟成了囚籠。

這夥跟班擋住唯一的出口，將裕明跟阿強困死。

阿強被另外架住，雙臂牢牢讓人從後方鎖著，像個人形十字架。嚇壞的他不敢吭聲，驚慌的汗水溼了整片制服。

一名跟班舉起幾張撕損的破紙，在裕明面前晃了晃。這些是他貼在校內公布欄的報導，全篇針對高雲生享有的特權作質疑。

「姓王的，你這樣亂寫找麻煩，故意要讓我們老大難堪，是嫌在學校過得太安逸嗎!?」

裕明認得眼前這人，正是前些日子在走廊上擦撞，進而引起衝突的那傢伙。這跟班一副佞臣模樣，生著一對小如鼠的眼睛，人中兩旁遍布沒刮淨的鬍渣。

「高雲生怕了？就派你們這些走狗，不敢親自過來？」裕明雖然被制住，但一張利嘴毫不退讓。「看你就是替人跑腿的貨色，幫我傳個話，說我當他是孬種。」

裕明說完更刻意咧嘴恥笑。

鼠眼跟班訝異瞪眼，可惜那對圓圓小小的黑眼珠沒大多少。他驚訝地想：在學校沒人敢對高雲生這般無禮，就連老師都要讓高雲生幾分。這叫王裕明的傢伙是撞壞腦袋、還是天不怕地不怕的神經病？

可是高雲生交派的事終究得辦好，要徹底警告。鼠眼跟班想了想，有了主意：「阿文，把他按好。」

「好……按好……」阿文呆呆地重複。

阿文明顯比其他學生還要反應遲緩，成績總是墊底，連一般小考的分數也甚少超過二十分。校隊期間更屢次誤扔鉛球砸中其他隊員，被強迫退隊。以這樣的表現，照理說應該與這間學校無緣。

可是他對高雲生忠心耿耿，是專屬的校內保鏢，因此眾人私底下流傳一個說法：阿文是靠高雲生的關係，才得以進入這裡就讀。

壯如熊的阿文毫不費力將裕明完全制住，雙手分別按住裕明的肩，彷彿將他釘在門上。現在的阿文算是相當溫和，但也令裕明只有單方面挨打的份。

裕明動彈不得之餘，忽然慶幸與高雲生起衝突的那一天，阿文人不在現場。否則阿文目睹高雲生被激怒，恐怕會瘋狂痛揍他一頓。

鼠眼跟班賊笑走近，硬是將裕明的嘴扳開，把那幾張從布告欄撕下的報導，強行塞了進來。裕明勉強抵擋，紙團仍是粗暴地侵入口腔。他感覺到粗糙的紙角刺著上顎與舌頭。

一等到鼠眼跟班鬆手，裕明馬上掙扎著要吐出。鼠眼跟班沒有阻止，卻是走向阿強，隨即一拳打在阿強的肚子上，痛得他哀叫。

「你吐啊，吐出來沒關係。就拿你朋友賠罪。」鼠眼跟班說話的同時手也沒停，又一拳往阿強身上招呼。這次事先看準了，特別針對肋骨。

肋部的劇痛令阿強倒抽一口涼氣，瞬間難以呼吸。

眼看阿強被這樣毒打，裕明強忍憤怒，屈辱含住廢紙團。現場的一夥跟班不留情地嘲笑裕明的醜態，刺耳的笑聲擠滿了廁所。

疼痛好不容易減緩，阿強溺水般用力呼吸，眼邊已經蓄滿淚水。他吃力地說：「裕、裕明，不要管我……」

這要裕明怎麼視而不見，無辜的阿強就是被他拖累的！

既然裕明認命，鼠眼跟班滿意地笑了笑，過來拍拍裕明的臉頰，嘲諷地問：「怎麼不說話了，剛剛不是很會講？還是又想亂寫東西？校刊社的素質這麼差啊，就會顛倒是非，哪來的臉？」

顛倒是非？怒極的裕明衝著鼠眼跟班吼，可惜被嘴中的紙團阻住，只在喉間發出難聽的悶聲，又惹得眾人大笑。

「記住啊，要乖，不要招惹我老大。我們都會盯著你。」鼠眼跟班扭頭，對著阿強露出邪惡的笑，嚇得阿強瑟瑟發抖。「還有你的朋友。到時候也不會放過他。」

「你校刊社的，文藝青年嘛，都要待在窗戶旁邊裝憂鬱，實在太浪漫了。我怕你不小心忘記現實有多殘酷，所以這是今天最後的警告。阿文，把他架起來。」

高大的阿文很聽話，牢牢扣住裕明。鼠眼跟班一看到裕明給控制住了，抬腳就往他肚子狠踹。裕明不免悶哼，皺掉的校服襯衫多出顯眼的鞋印。

「一個一個來，都排隊啊。」鼠眼跟班抖抖腳，蹲到小便斗旁，悠然自在欣賞裕明被輪番痛打，不忘提醒：「記得不要打臉。」

跟班接連湧上。或拳毆、或腳踢，猶如密集的暴雨不斷落在身上。裕明一再強忍，幾次差點跪倒，全靠意志力支撐，頑強地站直膝蓋。

阿強不斷喊：「住手、不要打了……」

「再吵，下一個輪到你。」鼠眼跟班威脅，嚇得阿強猶豫了。肋骨的餘痛未消，他不知道如果又被打，有沒有辦法承受下來。他不像裕明那樣硬氣，能夠忍住不吭聲。啪噠啪噠。阿強的眼淚止不住，恨自己的膽小，可是懦弱不該是他的錯，生來就是這樣的性格。

在他哭泣之間，裕明持續忍受眾人的毆打。

距離午休結束的鐘聲仍長。

×　×　×　×　×

停車棚下的陰涼處，高雲生側坐在一臺嶄新的腳踏車上，免去被太陽直曬。他上下學都由管家開車接送，這臺自然不是他的車，純粹是看得順眼。

他的嘴唇綻開，吐出陣陣輕煙。這款香煙的滋味與雜貨店常見的不同，是水果味的煙草。是某個跟班專程獻給他的洋煙。

高雲生的成長歷程裡，不斷對抗父親的介入與掌握，同時從中學習。憑著家世帶來的吸引力，很快就在校園內組建人馬。不同的人自有不同用處，每一個都由他親自揀選。

曾經王裕明也會是其中之一，高雲生想。少有人膽敢拒絕他，甚至用上那樣輕蔑的態度。到這邊為止，高雲生都能忍，他自認不是肚量狹隘的小人。

要怪，就怪王裕明是個不理智的蠢貨，觸動高雲生的逆鱗——汙衊他全靠仰賴父親才能得勢。

高雲生傲氣的側臉透出怒意。他無法否認父親作為立委帶來的種種好處，可是在這些之外的課業成績、學聯會會長、還有近期的比賽首獎，全是憑自身努力獲得，與父親無關。那些輸給他的人，就是輸了，沒有別的好說。

「那些人就是不如我。」高雲生對著空氣獨語，又是輕煙緩慢飄散。

「誰在那裡？午休時間為什麼擅自離開教室！」忽然有人喝斥。

高雲生不慌不忙站起，轉身後禮貌地點頭致意：「教官好。」

教官嚴肅的臉孔頓時和緩下來，走進停車棚，筆挺軍服上別掛的徽章終於不再反射刺眼的陽光。「原來是雲生，還想說是誰呢。」

「教官抱歉，我擅自離開教室。」高雲生說，煙仍在指尖燃燒。而他沒有要捻熄的意思。

「這的確是不太妥當。不過你一直都表現良好，是優秀學生。教官我知道你是有原因的。」教官的語氣溫和，低頭看了看，「你在這抽煙啊。」

高雲生還沒開口，教官倒是繼續幫他說話了：「這難免，你實在不輕鬆，除了學校的事，家裡給你的壓力也不小吧？」

那看似正氣凜然的臉孔，透露著只有高雲生這類出身權貴的人才看得出的諂媚。簡直像桶腐爛的廚餘，噁心得令人難以直視。

更讓他作噁的是，這些諂媚是想獻給父親，而不是實際站在這些人眼前與之互動的高雲生自己。

高雲生保持不變的從容，知道終會習慣這一切。「父親只是求好心切。這也是應該的。」

教官親暱地拍拍他的肩，「真多虧你會想，如果其他學生也像你一樣成熟就好了，教官我要繼續巡邏。你待在這邊沒關係，但是煙少抽，傷身體。對了，順便替我向高委員問候。」

「謝謝教官。」

教官離開後，高雲生又吸了一口煙，只覺得空淡無味，索性扔掉。在午休結束鐘聲響起後，仍然沒有離開，直到一眾跟班現身會合。

「事情辦好了？」高雲生問。

「辦好了。王裕明一定沒有膽子再亂寫了。」鼠眼跟班跳出來答話，幸災樂禍地說：「他絕對嚇死了。老大你可以放心！還有啊老大，他家的事情我照你吩咐找人去探聽了，很快會有消息。」

「很好。」高雲生遞出煙盒，「辛苦了。分著抽吧。」

「謝謝老大！」鼠眼跟班眼睛一亮，認出那是好貨，馬上伸出雙手笑嘻嘻接過，與其他人平分。

阿文愣在旁邊，遲遲沒有去接煙。高雲生另外往口袋摸索，拿出全新未拆的新煙。順便呼喚。「阿文，你過來。」

「好……」阿文遲緩地說，像隻溫馴的巨犬慢慢走近。高雲生拿了根煙，湊到阿文嘴上，接著替他點煙。

「謝謝……」

高雲生微笑，把煙盒放入阿文口袋。阿文遲疑地問：「雲生……？」

「收著。出學校再抽。」高雲生叮嚀。

「謝謝雲生……」阿文按住口袋，像在保護珍寶。

叼煙的鼠眼跟班湊上來，擠在阿文跟高雲生之間，陪笑說：「老大，關於學聯會會長的選舉，我們班打點好了，同學都會投你。」

「很好。」高雲生並不意外，現在的候選人只有他一個，不是投他就是廢票。可以說是沒有選擇。

「真不愧是老大，你一出馬，其他候選人都嚇得退選，沒人敢跟你爭。」鼠眼跟班拍起馬屁。

「爭了也沒什麼用，都是學生的扮家家酒。」高雲生平淡地說，很不把這當一回事。但既然出面競選，當然要贏得好看，依然吩咐跟班去當樁腳鞏固各班票源。

「老大別這樣說，會長這頭銜很屌啊。反正我們班投定你了！」鼠眼跟班豎起大拇指。

「老大，我們班也是，絕對投你。」其他人附和。「我們班也是！」

「學聯會絕對支持。」學聯會的跟班同聲說。

高雲生環視眾人。這些是他親手掙來的親信。不是父親。他完完全全感覺到，好像脫離了父親的掌握，晉升到嶄新的層次。

「跟著我。是你們這輩子做過最正確的決定。」高雲生笑得驕傲，有一種登天般的神采。

×××××

裕明坐倒在地，身上的制服沾滿泥灰，還掉了幾顆鈕扣。

他手按著肚子，壓抑不斷擴散的疼痛。剛才那夥跟班出手可以說是幾乎不留情，這些人各別來看微不足道、更別提有膽子幹下這種事情。可是當一群人聚在一起，加上背後有高雲生撐腰，膽子便大了起來，天不怕地不怕的，完全就是學生間最危險龐大的勢力。

阿強還在哭，不斷用手抹臉，手背沾滿眼淚鼻涕。他抽抽噎噎地說：「裕明……對不起……」

「幹嘛道歉？你是被牽連進來的。」裕明的聲音沙啞，甚至吃力。亂七八糟的疼痛讓人以為骨架都要解體。「你以後離我遠一點。出事我自己擔著。」

阿強哽咽地問：「為什麼那些人可以為所欲為!?」

因為有高雲生。裕明知道這是唯一答案，可是他沒說出口。彷彿一旦讓話溜出嘴巴，就承認那傢伙完全勝過自己。要比不甘心，他知道自己絕對不會輸給任何一個人。

前些時候，他可是屈辱地與高雲生同站在司令臺上，接下象徵第二名的廢紙。不甘心，真的。可是勢單力薄，別說高雲生，連要對抗那群跟班都有困難。難道沒有別的辦法嗎？難道只能任高雲生囂張無度，繼續作威作福？

「裕明……」

「怎麼了？」裕明問，他突然覺得有股想躺下的衝動。很痛，又疲憊。

「我們要不要去跟老師報告？」

這股天真讓裕明笑出聲，牽動了傷處。他皺眉忍痛，仍止不住笑意。「你被嚇傻了？怎麼說這種蠢話？老師對待高雲生的態度，你我都看在眼裡。你覺得他會有事嗎？就算真的有處分，也是那些走狗出來扛。」

「怎麼會這樣……」阿強鬱悶不已。

「就是會這樣。」裕明斷言，這是比一加一等於二更直觀的答案。

他頭往後仰，看見覆著灰塵的天花板，一隻蜘蛛在日光燈旁結了網。絲線般的網晃動，有微熱的風拂來，還有遠遠的操場上球彈與喧嘩的人聲。

下午第一堂課過了快一半，裕明自然無心上課了。更別提現在狼狽不堪，不想穿著這身骯髒的制服回到教室。但也不願意繼續枯坐，此處使他一再想起剛才那些人的嘴臉。

裕明的掌心燙如火燒，體溫隨著憤怒升漲幾分，隨即撐地站起，因著久坐忽然一陣眩暈。但既然被痛毆時都能勉強站著，這股小暈算得了什麼。

「你要回教室了？」

「我要去社辦。先不管上課了。」裕明拍拍被鞋印弄髒的校服，好像披了塊爛抹布在身上。沒選擇去書庫的原因，是因為固定會有管理員顧門，往書庫的路上會經過太多教室，去社辦省事得多，又不用擔心會有雜人出入。

「我、我也去！可是老師問起怎麼辦？」

「就說出公差吧。」裕明隨口給了理由。心裡實際想的卻是在這樣不公正的環境，老師怎麼說又是怎麼看待的，還重要嗎？

8

裕明一路上謹慎注意四周，留心巡堂的教官，盡量避開會經過教室的走廊。陣陣講課聲迴盪在校園內，可是少了學生的喧嘩，仍有一種寧靜感。

附近的教室裡，學生困在這個幾平方米大的空間抄寫筆記，黑板上密密麻麻的粉筆字：白的、紅的、黃的……有數學算式、有唐朝詩句、有繪著國家輪廓的簡單圖形、有化學分子的結構、有英文單字的時態變化……

裕明偶爾瞥上一眼，都覺得眼花撩亂。要在三年之內將這些資訊全部吸收，仔細想想都不得不佩服自己。

阿強畏畏縮縮，緊挨在旁。躲到廁所抽煙與在上課時間遊晃始終是兩回事。倒是裕明的態度鎮定自然，雖然制服髒損，教室內講課的老師看見他這樣從容，也沒出來問話。

來到校刊社辦公室外，裕明踩上窗臺，從上層窗戶的邊隙摸索鑰匙。這是校刊社內部才知道的祕密，純粹是以備不時之需，免得有人要用辦公室卻忘了攜帶鑰匙。

裕明開鎖推門，沒開燈的辦公室泛著微光。旺盛的陽光從窗邊透入，給窗簾削減成柔和的程度。電風扇全數打開之後，室內慢慢涼快起來。

疲憊的裕明走向那由好幾張課桌拼靠而成的大桌，整個人躺了上去，像一灘泥慢慢伸展痠疼的四肢。他解掉鈕扣，褪去骯髒的制服上衣，露出內裡的無袖汗衫。兩條手臂的紅腫更加顯眼。

阿強坐在不遠處，頭枕在交疊的手臂上。他疲倦地問：「裕明……我們要待到下課再回去嗎？」

「不知道。」裕明隨口回答。被圍毆之後，哪裡還有上課的心情？天花板的電風扇來回旋轉，在一陣接一陣的風裡，一度壓抑的不滿與怒意逐漸浮現。

他在心中反覆念誦所有從小到大習得的髒話，仍無法使心情平復。今天遭遇的不是尋常爭執，而是被徹底羞辱。

動手打人的是那夥跟班，裕明卻有切身被高雲生狠狠踩在腳底的羞恥感。這口氣無論如何都嚥不下去。必須釋放掉……

「阿強。」裕明突然開口。

阿強抬起頭，等待他繼續說下去。

「我一定要徹底贏過高雲生一次。而且是當著全校師生面前勝過他。」他發誓。

「要怎麼贏？你該不會想去跟他單挑吧？」阿強擔心地問，很怕裕明衝動惹事。

「如果少了那群走狗礙事，這倒是不錯的辦法。」裕明說，不過在幾秒內就打消這個念頭。不是怕了高雲生人多勢眾，而是動粗總是會落人口舌。

他冷笑，心想高雲生真是聰明，教唆跟班找事。自己的雙手依然乾乾淨淨。

阿強慌張勸阻：「不要啦！你跟他當面打起來，一定是你吃虧……那天你跟他在走廊吵架，我聽說教官對他很優待，什麼責罵都沒有。反而是你被留下來訓話。」

裕明沒聽進去，不斷在心裡盤算有什麼機會能夠反擊？難道要等待下次的比賽？校內競賽的把握度太差了，如果老師仍然優待高雲生，那麼即使同學普遍認為裕明的作品更好也沒用，名次始終會屈居高雲生之後。

「阿強。」裕明又一次呼喚。

「你、你該不會現在就要去找高雲生吧？」阿強緊張地問，就只差沒衝上來攔住他。

裕明倒是動也沒動，繼續躺在桌上。「你知道學校裡面有什麼競賽是公開評比，又不會有師長介入的嗎？」他很少關注這類消息，所知有限。

阿強苦思一陣子，頹然搖頭：「沒有吧，一定都會讓老師當評審。你要不要考慮校外的？」

「校外的也要高雲生有參加、又能讓學校的人都知情才有效。」裕明說。若不是這樣，就無法讓所有人知道他勝過高雲生。

「對喔……如果是校外的，高雲生他爸是立委，說不定也會施壓。」阿強擔憂地說。

兩個人陷入苦惱的沉默。裕明指尖不斷敲著桌面。

「我想到了！」阿強突然驚呼，嚇得裕明震了一下。阿強興奮地喊：「我想到了！雖然不是比賽，不過可以試試看！」

「是什麼？」

「學聯會會長！那是讓學生投票選出的。現在唯一參選的只有高雲生。如果你出來，就變成你們一對一的競爭。這是好機會！」

裕明完全沒想過這個可能，細想後發現阿強說的沒錯。可惜這個提議在執行上有相當大的困難。「我不覺得有人會支持我。你知道的，我沒有人脈可言。」

「你還記得跟高雲生起衝突的那天嗎？這件事情私底下傳開了，我聽到班上的同學在討論你。」

「在笑我是笨蛋吧？」

「不！」阿強用力搖頭：「他們覺得你很有種！其實很多人跟我們一樣，都對高雲生不滿，可是不敢當面得罪他。更重要的是投票採匿名制……大家就不會有所顧忌了！」

阿強繼續分析：「其他人不一定認識你或真的支持你。但可以利用大家對高雲生的不滿。」

「不是真的支持我？這樣我贏了也沒什麼用。」裕明皺眉。

「你先聽我說，這會是一個象徵……像混沌的亂世，有英雄挺身而出對抗惡霸那樣！你知道除了高雲生，他底下那些人平常作威作福，很跩、很討厭！就像神話的九頭蛇難纏又煩人，很多人都在默默忍著。你可以化身校園裡的海克力士，討伐他們！」

「對他不滿的人真有那麼多？」裕明懷疑地問，因為他所見的多是爭相逢迎討好，少有人表達對高雲生的不滿。

「當然有啊！你那麼孤僻，獨來獨往懶得理其他人，一定沒注意到他們背地裡偷罵高雲生吧？」

「……我只是比較容易專注在自己感興趣的事情上。」裕明辯解。

阿強沒理他的解釋，越說越興奮：「你這時候出面正好。因為你勇於對抗，一定會有越來越多人欣賞你、肯定你，然後投給你！最後就是擊敗高雲生！有、有一句話叫什麼……囂、囂張？對！是囂張沒有落魄得久！高雲生說不定會因為這樣踢到鐵板！」

裕明爬了起來，盤腿坐在桌上認真思索。阿強這番建議的確有道理，但是實在沒把握。在他猶豫時，下課鐘響了。他恍若未聞，繼續思考能有多少勝算？該豁出去賭賭看嗎？

「升上三年級就不能選會長了，你要把握這唯一的機會。」阿強繼續鼓吹。

儘管還沒拿定主意，但裕明發覺有一股熱血沖上腦門，不是憤怒，而是難以言喻的興奮。這是全新的挑戰。兩人都屬同年級，高雲生後續同樣沒有機會繼續參選，要背著這份屈辱度過剩餘的高中生涯。自傲如高雲生，絕對會相當受挫。

選？

不選？

「叩叩！」突然的敲門聲斷了裕明的猶豫。

兩人同時僵住，慢慢看往門口。裕明用氣音問：「你剛剛有鎖門嗎？」

阿強連連搖頭，同樣用氣音回答：「我以為你鎖了……」

完了，現在要鎖也來不及了。該不會是教官來找人？裕明煩躁嘆氣，今天真是倒楣透頂。

還沒等他準備好面對，門已經開了一道小縫。一對清澈的眼睛躲在門縫後，怯生生地窺視。直到發現辦公室內有人，才逐漸將門打開。

是沈光儀。

「你果然在這裡。老師發現你不在，在問你的下落。」沈光儀擔心地催促：「趕快回教室吧，不然老師要生氣了。」

裕明鬆了一口氣，既然是沈光儀就不必擔心了。沒想到她特地跑來這裡找人，果然與印象中那熱心助人的形象一致。他想到剛才阿強的提議，是時候徵詢第三人的意見。

他脫口便問：「你願不願意投給我？」

「咦？投什麼？」沈光儀被這沒頭沒腦的問題給問倒。

「如果我競選學聯會會長，你願不願意投給我？」裕明解釋。

沈光儀又再一次愣住，沒想到裕明會有這樣的意願。她仔細思考後答覆：「我願意。」

在旁聽著兩人對話的阿強，尷尬得頭皮發麻，試圖釐清這之中沒有任何誤會。他覺得這對話不太對勁，好像更適合發生在其他的場合。

「原因呢？為什麼你願意？」裕明追問。

「因為、因為……」沈光儀咬著下唇，「我覺得你是個負責任的人。」

裕明笑了笑：「你錯看我了。我不是。之前校刊負責的短文，我可是直接推給社長。」

「咦？」沈光儀不明白，她著實不覺得裕明會是這樣推卸的人。

「因為那篇短文要讚揚校長對學校的貢獻。我寫不出來。本來就不存在的東西，總不能憑空捏造吧？」裕明無奈聳肩，想到後來社長硬著頭皮寫完，心中實在過意不去。

「難怪你會推掉。可是我相信如果是你願意投入的事情，一定會拚盡全力把它作好。像你寫文章那樣。」

「你別忘了我只拿到第二名，輸給高雲生。」裕明自嘲，「他現在是唯一的候選人。」

「作文比賽跟學聯會會長又不一樣！」沈光儀反駁，「你要試過才知道。」

「對啊裕明，試試看！」阿強終於找到插嘴的機會：「要儘早動作，最好現在就開始擬政見！還有準備參選申請單。」

「你是認真的？」裕明問。

「認真！」阿強搗蒜似用力點頭。

「你願意投我？」裕明再次向沈光儀確認。

「願意！」

××××

放學了，學生終於盼到短暫自由的時刻，幾乎是逃亡般快速背起書包。可惜有些人無法立刻離校，校刊社社長就是其中之一。

人在訓導處的他雙手背在身後，垂著頭，在辦公桌前聽教官訓話。

「提醒過你好幾次了，要約束社團的同學，不要亂寫有爭議的報導。何況今天貼在公布欄的那些東西連報導都稱不上，是造謠滋事。什麼叫對於特定學生有特別待遇？我跟你說，教官我對待所有同學都是一視同仁，賞罰標準完全依照校規來走。」教官正氣凜然地說，對於被誤解感到十分不悅。

社長聽到這邊，默默抿緊嘴唇。

「如果今天對教官我的標準有疑惑，有覺得不公平的地方，可以親自來找我溝通。教官我很開明的，你去過別間學校就知道，有哪個教官會這樣好聲好氣把學生找來訓導處的？全部都先去司令臺罰站再說，事後看是要記警告還是記過絕對少不了。」

「是……」社長盯著辦公桌上的職務牌，始終沒與教官視線接觸。

「那些東西是誰寫的？你知不知道？」教官質問。

社長搖頭。「報告教官，我要再確認。」

「總之叫那個同學不要再寫了。不然就要照校規處分了。你是社長，要好好約束社員，這最基本的領導統御你應該要懂。如果沒有改進，那個同學還是繼續亂寫，我就要建議校刊社老師把你換掉了，你可能不適合當社長。」

社長依然垂頭不動，唯有臉頰鼓動幾次，正在咬牙忍耐。

教官從辦公椅上起身，走過來故作親暱地拍拍社長的肩，「教官我不是要為難你，但是職位越大責任越大。管理社團不容易，教官知道你也辛苦了。但是凡事都要求真求切，尤其是校刊社，刊登出來的文章全校都會看到，更應該講求事實。今天的事我先不計較，但下不為例。知道嗎？」

「知道了，謝謝教官。」社長點頭致意後離開訓導處。繞過走廊轉角，緊繃的肩膀馬上垮掉。他摘掉鏡片厚重的眼鏡，走向洗手臺，扭開水龍頭後捧水洗臉，接著拿出折疊整齊的手帕擦拭。

社長心裡有數，知道執筆的人只有唯一的可能。那個叛逆的社員果然又惹來麻煩。雖然沒實際看到內容，但依據對他的了解，文字絕對極具攻擊性。

「王裕明啊……」社長嘆氣，卻不是不能明白他的動機。與教官會面後，竟然還覺得裕明令教官頭疼有些過癮。

社長實在不能理解——這要比數學習題更難懂。教官怎麼能臉不紅氣不喘地宣稱，對待所有學生是採取同一標準？

比起在社會打滾多年的長輩，學生的閱歷的確遠遠不足，但不代表眼盲並且完全的無知。

師長們的為人處事，學生都看在眼裡。特別是像高雲生這樣的風雲人物，師長如何對待他、又如何對待其他學生，兩者差異盡顯，恐怕只有身為當事人的師長們看不出來。

這也就算了，教官竟然拿拔除社長職位來威脅，徹底傷害社長的自尊。他不是貪圖權位與名聲的人，只是想盡一份心力帶領校刊社的社員們一同前進，當初指導社團的劉老師也是看上這份責任心，才指派他當社長。

這種威脅，實在是把人給看輕了。

社長戴起眼鏡，決定先去找裕明談談。至少勸他收斂一些，免得惹禍上身。撇除教官不談，高雲生自擁一群手下，如果直接針對裕明而來，恐怕無法招架。

他匆匆趕去裕明的班級，幸好還有幾個學生待著。可是已經不見裕明蹤影。社長懷抱希望，試著詢問：「請問你們有看到王裕明嗎？」

一個男學生聽見了，回說：「不知道，整個下午都沒看到人。」

另一個男學生接口說：「聽說是發燒不舒服，待在校刊社休息？剛剛沈光儀還幫他拿書包過去。他的運氣真好。」

「他們兩個哪時候這麼熟？」一開始說話的男學生吃驚地問。

「校刊社？為什麼不去保健室？」社長打斷八卦的討論，訝異王裕明把辦公室當成什麼地方了？

「你自己問他吧。你有點眼熟，也是校刊社的？」那男學生問。

「嗯。謝謝，我知道了。」社長摸不著頭緒，不懂裕明在搞什麼鬼。越想越不安的他趕緊直奔校刊社辦公室。

火災般趕到辦公室外的社長握住門把，發現沒鎖，一轉就開。門開後見到裕明跟阿強、還有一個不認識的女學生圍在桌前，正熱烈地討論著什麼。桌面攤著一張稿紙，上頭有多次塗改的痕跡。

「王裕明，」社長出聲：「你在搞什麼鬼!?」

裕明回頭，終於發現他的存在。

「沒什麼。我要選學聯會會長。」

第三章

歸於塵

9

「你要選會長!?」社長驚呼，好像得知電視頻道除了現有的三臺，忽然要增加新的頻道那般驚訝。

「記得投我。」裕明不忘拉票。

社長關上門，來到三人身旁。「我剛剛到你班上去找你，聽說你身體不舒服，現在又突然要參選。請問你是燒壞腦袋嗎？好好的保健室不去，跑來辦公室幹嘛？老師會信你的理由？」

「就說是感冒旺季所以保健室客滿。而且不是我跟老師說的，是她。」王裕明指著沈光儀，「好學生代表，就算說謊老師也會信。」

沈光儀不可置信地瞪大眼睛，「是因為你固執不想回教室，擔心你被懲罰才幫你圓謊……」她為了幫忙，甚至蹺掉儀隊的練習。

「你這樣說太不應該了，沈光儀是好心幫你，還幫我們拿書包過來。」阿強看不下去，心想自己的好哥們實在是個白痴，完全不懂體貼跟溫柔為何物。「道歉。」

「道歉？」裕明指著自己，不能理解地問：「我？為什麼？」

阿強拍拍裕明的肩。「別問。道歉就對了。為什麼在這方面你就不像寫文章敏銳？」

「在說什麼？不是要討論政見？我覺得夠敏銳了，目前列的幾項都有切中要點。」裕明真的是莫名其妙，不懂阿強在發什麼神經。

「沒關係啦……先把政見決定好比較重要。」沈光儀出來打圓場。

阿強對這女孩投以憐憫的眼神，又一次為好哥們的遲鈍感到惋惜。

「慢著。你是來真的？是受到什麼刺激、還是真的發燒？」社長依然無法接受，這與他對裕明的認知完全違背。訝異之餘，社長那遵守校規的老實性格可沒閒著，他大驚小怪地質問：「你怎麼穿便服？制服呢？」

「在那邊。」裕明指了指扔在桌邊如破抹布的制服。

社長伸出兩根手指慢慢夾起，隨著制服攤開，上頭骯髒的鞋印清晰可見。「你跟人打架？」

「你別管。」裕明伸手搶回制服，嫌它礙眼，往更遠的角落扔去。

「是高雲生吧？」細心的沈光儀早就發現了。她問：「手臂上的擦傷也是這樣來的？」

嘴硬的裕明用上最爛的理由掩飾：「沒事，不小心跌倒。」

社長跟沈光儀恍然大悟，明白他突然決定參選的原因。

「不管這些了，都是不重要的小事。先把政見決定好，我明天就去交參選的申請單。」裕明專注回正事，重新確認已經列出的幾條政見。

他主打將朝會改為一週一次，省去師長浪費早自習的溫習機會。加上已經進入夏季，早晨七點後的陽光就足夠毒辣，苦命的學生們得在操場罰站忍受曝曬，被迫接受師長為了享受權威而大量產出的冗長廢話。

其次是準時下課。如果教師無法完善規劃授課進度，應該自己檢討改進，而不是佔用學生的時間。另外從這項延伸出來的政見是讓美術課回歸美術課，不要總讓其他主科的老師搶去。

「我看看。」社長擠了過來，一起湊在桌前審視。

裕明訝異地問：「你要幫我？」

「給點意見而已。免得你太偏激，教官又要找我去訓話。」社長隱瞞剛才在訓導處的對話以及教官的警告。

社長一直以來都是安分遵守校規、不隨便惹事，課業成績始終維持水準，同時尊敬師長又對同學有禮，作到所有學生該盡的本分。

可是這樣的一個學生，今天卻被教官拿「拔除社長職位」作威脅。

明明教官及老師們對高雲生的偏袒為真，為什麼不能質疑？就算裕明的文章再怎麼尖銳，也不能以威脅當手段，要學生閉嘴。這等肚量如何為人師表？難道僅僅教導課本的內容就好，做人處事擺一邊，反正考試不會考？

社長會主動幫助裕明，正好是教官大力推了一把。藉著這份不滿，他積極參與討論，給予理性的建議。沈光儀與阿強也沒少給了意見。作為學生，他們最深刻知道校內制度的種種缺失，以及自身權益該從何處改善。

在眾人努力之下，政見漸趨完整，就剩語句的潤飾。

「剩下的我回去修改。」裕明把稿紙對折，塞進書包收妥。

社長嚴肅提醒：「你現在就要有心理準備，假如真的當選，你務必要扛下這些責任，當一個稱職的會長，為同學服務。不要只顧著私怨。」他低頭看了手錶的時間，「差不多了。我要回去準備功課了。」

「社長，原來你人還不錯。」裕明稱讚。

社長的臉瞬間垮掉，「你平常是怎麼看待我的？」

「像個嘮叨的老太太。」裕明總是直率又不留情。

社長瞪了他一眼，沒好氣地反擊：「那你知道我怎麼看你的嗎？就是一個憤世嫉俗又長不大的小毛孩。」

「沒有長不大，我跟你同年級。」裕明回嘴，別過頭不看社長，然後彆扭地說：「總之謝了。」

「你如果不要故意白目，支持你的人絕對會更多。我會試著邀班上的人投你。校刊社雖然成員不多，也能試試看。比起高高在上的高雲生，其他人也許會更傾向選擇你。」嘆氣的社長擺擺手，背著厚重的書包離開。

高高在上的高雲生……裕明心想，他知道這會是他的優勢，一定有很多人想看高雲生從神壇上跌落。現在的首要任務，就是爭取這些人的支持。

裕明才要去拿書包，回頭就發現阿強已經溜到門口。「你不一起走？」

被逮到的阿強搔搔頭，語氣生硬地表示：「我、我想到要幫我媽買醬油，要趕快回去。」

「你哪時候這麼孝順了？」裕明懷疑地問：「以前伯母要你幫忙，你不是都會想盡辦法溜掉？」

「你別管這麼多！反正從今天開始我要孝順我媽。就這樣。」阿強頭也不回跑掉，留下一頭霧水的裕明。

於是辦公室內就剩他與沈光儀兩人。沈光儀已經默默收拾好書包，將儀隊的木製練習槍抱在懷裡。她等在一旁，沒有馬上離開。

裕明拾回亂扔的制服上衣，隨口問：「一起走嗎？」

沈光儀點頭。

兩人離開時，校園空蕩蕩的，早已人去樓空。火燒似的紅雲捲繞在天空，黃昏餘暉落在寧靜的校舍，將之渲染成橘。

裕明牽著腳踏車，與沈光儀並肩走著。他還是沒穿起髒掉的制服，隨便扔在車籃裡，上身就剩無袖汗衫。這種穿著被任何一個師長逮到，處分少說也是一支警告起跳。

他們沒什麼交談。裕明滿腦子都是學聯會的選舉。從來沒想過會對這樣的事情如此投入。果然牽扯到勝負，他比誰都要固執，尤其為了洗刷屈辱，這次決心要贏。

「裕明、裕明！」

思緒全放在別處的裕明沒聽見沈光儀的呼喚，逕自往前走。直到手腕突然被人拉了一下。

他回頭一看，沈光儀有些尷尬。

「我要在對面等車。」她匆匆收回手，指了指馬路對面的站牌。

「喔，好。今天謝謝你了。」裕明說，不管是對老師撒謊或是拿書包都幫了大忙。

「不會……你要加油。我覺得很有希望。」沈光儀鼓勵，欲言又止。

「怎麼了？」

「你、你開心一點啦。不要老是臭著一張臉。這樣同學看到會害怕喔。」沈光儀叮嚀，「會影響投票意願。」

裕明撇了撇嘴，無奈地答應：「我盡量。可是你不覺得一直笑，看起來很白痴嗎？」

「哪會！再怎麼樣都比臭臉好。你要不要試著笑笑看？」沈光儀鼓勵。

「下次吧。不習慣。那一臺是你要搭的嗎？」裕明遠遠看到從路口駛來的公車。

「啊，對！那先這樣了，掰掰！」沈光儀驚覺差點錯過，連忙往對街趕去。

裕明原地目送她奔跑的身影，那一頭短髮與制服裙擺隨著步伐起伏，晃盪在風中。公車在站牌旁停下，抱著木槍的沈光儀幸運趕上，隨著其他乘客上車。

再次行駛的公車像隻搖搖晃晃的笨重甲蟲，緩慢遠去。

×××××

裕明順路在附近的小吃店用過晚餐。這幾年，正餐大多是在外解決。

他挑了最靠近電扇的座位坐下，桌面油膩黏人，附著一層擦拭不去的陳年油垢。裕明小心避開，先用免洗筷將滷蛋分成兩半，再與滷肉飯一同攪拌，配著醃漬的黃蘿蔔吃了起來。

咀嚼著黃蘿蔔與滷肉飯的滋味，裕明忽然記不起，多久沒和父親同桌吃飯了？

以前為了不讓父親為難，裕明還會扮家家酒般與幼稚園老師做戲，至少一起用餐。後來年紀漸長，終於不願再演，故意與幼稚園老師的假笑唱反調。叛逆性格便是從那時養成。

現在回憶起來，都像是好遙遠的日子。

他決定不要沉溺在不愉快的回憶，眼下有太多更重要的事。他大口扒飯，趕緊吃飽才有力氣處理需要修潤的政見稿。

回家的時間晚了，屋裡已被酒臭霸佔，難聞的味道鑽入鼻腔，令裕明反胃。買醉的父親窩在固定的沙發，渾身散發陰鬱的氣息。

「吃過了嗎？」父親的聲音疲弱地傳來。

裕明原本建立起來的鬥志，好像被拖進泥沼般無法翻身，只有向下沉溺。他佇立一陣，忽然大步走向父親。

「那個女人滾了，有這麼不愉快嗎？」裕明不知道哪來的衝動，如此挑釁地向父親詢問。也許是終於看不下去這副頹喪模樣。

在媽離家的模糊記憶裡，他從來沒見過父親傷心，現在卻為了那樣的女人黯然神傷。

父親抬起頭，瞪著一雙醉醺醺的眼睛，口齒不清地責備：「你小孩子懂什麼？」

「她勾引你，把媽氣跑。毀了我們家。」裕明的話裡有恨。

煩躁的父親吐出大口濁氣，捨棄酒杯，直接整瓶拿起就往嘴裡送。透明色的高粱酒液從父親的嘴角溢出，接連滴落在衣衫上。

裕明冷眼默看父親狂飲，以為是心虛。「你為什麼要選她？為什麼不要媽？」

父親自顧自飲酒，不再理會。

等不到答案的裕明扭頭離開客廳，用力將房門甩上。在劇烈的摔門聲後，他發現心臟的鼓動同樣激烈，身體在顫抖。連自己都沒預料到，會有這樣大的反應。

這些久積在心的怨憤，或許不輸針對高雲生的敵意。

你寧願把心力花在那個女人身上，卻不願意多照顧我跟媽？裕明多想這樣對父親咆哮。

裕明坐在桌前，慢慢等情緒平復，才回頭整理與沈光儀他們討論出來的政見。他一再強逼自己把負面情緒排除在外，將全部的心力專注在眼前工作。修改完畢後，直接在全新的空白稿紙上謄抄一份，又審視幾次。最後才填起參選的申請單。

參選的理由足足讓裕明思索半小時，不可能坦白寫上「要勝過高雲生」的，但是過於冠冕堂皇的又不合他屬性，怎麼想都是彆扭。

最後裕明咬牙忍耐，終於把「想為同學服務，營造更良好的校園環境」這行字寫完。他不敢重新確認，實在狗血，噁心得令他害怕，草草折好後便連同寫有政見的稿紙一併收起。

告一段落的他終於有時間修補制服。他抓起那條像抹布般的上衣，翻來針線盒縫補鈕扣，過程雖然緩慢，但好歹沒被針扎到手。

裕明來到浴室，把制服扔進洗衣機，然後將身穿的衣物一一脫下，同樣扔了進去。接著挖來一匙洗衣粉倒入。按完該按的按鈕後，裕明就暫時不管洗衣機了。

沖著熱水澡，被毆打的部份又接連作痛。他用肥皂抹遍身體，洗淨髒汙。這些日子所承受的，終有一天要向高雲生討回。

又一次，裕明發誓。

××××

隔日的早自習下課後，裕明立刻向校方遞交參選申請單。加上阿強與社長還有沈光儀等人幫忙拉票，他要與高雲生角逐學聯會會長的消息在學生之間傳開，引起騷動。

大家都知道，裕明這一次是認真與高雲生正面槓上了，瞬間成為話題的中心。

這些傳言，同樣落入高雲生耳中。

10

校內最高的樓層，高雲生倚著走廊圍牆，臨風眺望校園。

這是他最喜歡的位子，視野極好，能將每層樓班級的動靜盡收眼底。現在是下課時間，走廊上學生來來去去，像繁忙庸碌的蟻群。

這樣居高臨下的視線，令高雲生無法自拔地著迷，亦如他的名。高雲生——高掛天頂的雲俯覽眾生。

幾名跟班忠心地候在左右。沒人說話，因為他沒開口。

專職保鏢的阿文守在走廊一側，壯碩的他像隻人立的熊，成了醒目標誌，讓人知道高雲生在這附近，得識相別過來打擾。

高雲生昂起頭，掃過寬闊無際的晴朗藍天。再次將視線轉回校園時，驀然看到突兀得無法忽視的一幕，臉色微變。

那是幾個學生的組合，多數與他同年級，並認出其中有校刊社與儀隊的人。他不知道這兩個社團是如何、又是什麼時候湊成一團，但都不比那被簇擁在中心的人礙眼——

王裕明。

這個印象中獨來獨往、不與誰打交道的頑逆分子，如今居然擁有團隊。而距離他公開參選學聯會會長，不過一個禮拜的時間。

儘管王裕明時常發表尖銳的報導，校刊社的整體形象依然良好，更別提儀隊是校內影響力最大的社團之一。照例在校慶擔綱演出的儀隊所擁有的，是師生一致的正面評價。這對王裕明來說無疑是強大的助力。

「老大？」鼠眼跟班緊張地喚著，眼睛小如鼠的他其實擁有優秀的視力，恰如老鼠能捕捉任何動靜，自然沒錯過以王裕明為首的組合。

「我知道。」高雲生面無表情地說。

王裕明沿途走入每個班級，看那在講臺說話的模樣，肯定是在力邀同學支持。

高雲生稀罕地感受到威脅，更多的則是困惑。他不明白，為什麼王裕明能夠輕易獲得肯定，尤其是儀隊。哪怕絕大多數的學生都會忌憚他，偏偏儀隊是至今仍無法拉攏的。

那些故作清高的甩槍人，大概以為站在弱勢的一方能看起來更像英雄？高雲生分析，至於校刊社本來就是王裕明的所屬社團，這不意外。

他牢牢鎖定王裕明的動靜，看他踏出教室，準備往隔壁間前進。王裕明忽然感應般回頭，儘管相隔遙遠，但高雲生肯定這傢伙已經認出身居高處的他。

雙方的視線隔空摩擦出火花。

感受到強烈敵意的高雲生，還以輕蔑冷笑。

×××××

放學鐘聲一響，阿強沒等老師喊，便早早背起書包。等到老師一闔上課本，他二話不說跑出教室，前往校刊社要與裕明等人會合。

他迫不及待想宣布有幾名同學已經私下表態，這次的選舉會投給裕明。有了儀隊的助勢，果然更加動搖了大家的立場。

真虧沈光儀能說服儀隊隊員們。要知道裕明的形象不是那麼討喜，天曉得沈光儀究竟費了多大的心力？阿強不禁搖頭，心想自己的好哥們實在是太幸運了，就是可惜遲鈍得像塊木頭，明明平常是那麼敏銳的人……

他持續注意經過的班級，其中內含滿滿的可能性。他興奮地思考該如何爭取更多人支持，好增加裕明的得票率。

打著如意算盤的阿強忽然瞥見幾名高雲生的跟班。這些人迎面逼來，佔據前路。阿強立刻停住，他看得清楚，這幾人面色不善，擺明是衝著他來。沒想到高雲生這麼快就有動作！

他趕緊從反方向離開，沒想到才轉身就撞上一堵肉牆，被反作用力震退幾步。

他錯愕抬頭，一張憨直但令人莫名發毛的臉正猛瞧著。

面前的阿文伸出粗壯的手臂，重石般的大掌按在阿強肩上，嚇得他不敢亂動。

「走……」阿文的語調遲緩，卻帶來深沉的壓迫感。

阿強被制住的同時，餘下的跟班接連包圍過來。

於是他知道自己別無選擇，被迫順這些跟班的意。那隻大掌始終沒離開肩膀，令他逃無可逃。

被押送的阿強沿路引來同學的訝異注視，只能困窘地垂下頭。他的心跳慌亂如鼓，不斷撞擊胸腔，偶爾試圖向附近的同學求助，卻沒人膽敢搭理。

穿越放學的人潮，阿強驚覺這個路徑有些熟悉。最後，他被押到習慣偷抽煙的那間廁所之外。

幕後主使的高雲生已經在那了，雙手插在口袋，一副悠然自在的模樣。絲毫不為教唆押人的行為感到罪惡。

這個地帶本來就少有人跡，現在是放學時刻，學生多數往校門移動，這處更成了完美的死角，足以讓高雲生為所欲為。

「你到底、到底要幹嘛？」阿強盡量控制不讓聲音發顫，無奈仍忍不住。

高雲生對阿強笑了笑，是慣有的跋扈笑容。隨後走來，慢條斯理從口袋拿出煙盒，取過一根塞在阿強嘴邊。「沒什麼，找你聊一聊。」

阿強抿緊嘴巴，彷彿抵在唇上的煙沾染劇毒。

「不識貨的賤民。這是好東西，你糟蹋了。」高雲生鬆手，一腳踩踏落地的煙。「不喜歡抽煙，喜歡吃拳頭？可以，我成全你。」

高雲生眼神一寒。「阿文。」

「好……」阿文收到命令，大掌應聲脫離阿強的肩膀。

阿強卻沒有覺得壓力消卻，反而更是恐懼。後領猛然一緊，被阿文拖往廁所。制服的領口勒得他痛苦難受，掙扎地喊：「你不怕我跟老師報告嗎!?」

「等你被打到跪地嘔吐，再說要報告老師也不遲。」高雲生冷酷的臉龐彷彿罩上恐怖的寒霜，嚇得阿強後頸發寒。

語塞的阿強逗得眾跟班訕笑出聲，惡毒的回音不停侵入耳中。他雙手緊抓制服領子，爭取呼吸的空間，驚慌亂喊：「不、不要……放開！」

「你拒絕我的好意。」高雲生挪開皮鞋，露出踩髒的煙。他看看煙，再看看阿強。後者明白他的意思……

「我抽、我抽！不要打我！」阿強求饒。

高雲生裝沒聽見，露出殘酷的微笑。阿強被強拖進昏暗的廁所，看不到身後那熊般的打手，卻先望見骯髒的天花板。蜘蛛仍在網旁，好像在看著毫無抵抗餘地的他。

「嗚……」緊閉雙眼的阿強擠出酸澀的淚水，難以克制地嗚咽。腦海盡是恐怖的想像，阿文這樣壯碩，骨頭會不會被打裂？

阿文粗沉的鼻息噴在後頸，彷彿熔漿燙人。

「阿文。」廁所之外，高雲生的呼喚遙遙傳來。「人帶出來。」

於是瑟縮著肩膀的阿強又一次被拖行，給拉出廁所。腿軟的他跪倒在高雲生面前，眼淚滴滴答答灑落制服前襟。

四周傳來的又是不留情的恥笑：「俗辣。」「沒種。」「卵蛋長假的！」

阿強拚命忍住哭聲。高雲生在他面前蹲下，又一次拿出煙盒。「要抽，還是吃拳頭？」

「抽、我抽……」阿強伸出顫抖的手，卻被高雲生叫停。

「不是這個。」高雲生搖搖頭，「在那邊。」

阿強順著他的手指看去，是剛才那根被踩踏過的髒煙。阿強愣了愣，雙眼惶恐圓瞪。他怎麼能想到會是這種發展。「這個……踩過了……」

「我知道。」高雲生說。

「抽啊！」「快抽、老大就叫你抽了！」「你是不是想被拖進去打？」旁邊的跟班起鬨。

阿強像隻嚇壞的小雞，含淚爬向那根煙。用指尖夾起，遲疑好久。白色的煙紙布滿灰塵與皺痕。

眾多跟班的叫囂仍沒停止，逼得阿強想戳聾雙耳。

「不要試探我的耐心。」高雲生的警告彷彿開關，終於迫使阿強含住煙的濾嘴。

「很好。現在來聊聊吧。我有很多關於王裕明的事情想問你。」他相當滿意。那眼神，彷彿在看待溢出垃圾桶的殘渣。

×××××

阿強怎麼還沒來？裕明納悶地望向半掩的辦公室門口。可惜拜訪入室的只有斜映的午後橘陽。

靠著椅背的他將手掌交疊在頸後，看似悠哉實則腦袋不斷運轉。辦公室充滿說話聲，社長與其他的社員都在。校刊社不是人數龐大的社團，加上還沒出現的阿強也就十個人。社員平時不定期在這邊出沒，只有社長跟厭惡家中氣氛的裕明才會時常待著。

現在幾乎全員到齊，不斷交換意見作討論，成了可靠的策士團隊。根據大家的回報，目前已經拉攏到一定程度的支持者。

「支持高雲生的人，可能比我們預期的還要少。他雖然在老師跟同學之間都吃得開，不代表每個人都是真心與之來往，有的是怕惹麻煩所以遷就，還有更多的人是轉成旁觀者的角色，不願意蹚這渾水。」社長提出這陣子的觀察。

「你的意思是，現在要針對這些持中間立場的人下手，盡量爭取支持。對吧？」裕明一點就通。

社長點頭：「沒錯。原本就不滿高雲生的應該會趁這次投給你，這部份的票源大概穩了。至於一開始就支持他的那些人暫時不必管。說服他們改變立場的效益太差了。時間有限，下禮拜就是政見辯論會，緊接著是正式投票。如果你提早決定參選，配合儀隊的支持……與高雲生一戰的本錢又更雄厚了。」

「走一步算一步。拚到底就對了。有你們支援，我知道沒問題。」裕明說，他從沒想過能得到這麼多人的支持。儘管看似滿不在乎、還裝出一副酷酷的樣子，其實覺得心很暖。

「政見辯論會你有把握嗎？」社長擔憂地問，倒不是擔心裕明上臺時講不出個所以然。「高雲生的口才很好，但你也不差，好歹我們寫文章經過一定的練習，表達能力絕對沒問題。我最擔心的是你能不能控制情緒，理性表達意見。千萬、千萬不要作人身攻擊。」

「比如說他都是依靠父親庇蔭之類的嗎？」裕明明知故問。

社長掩面，無奈嘆氣：「對。你知道就好。高雲生可能會用各種方式挑釁你。拜託你千萬要沉住氣。好不容易累積這麼多人支持，別辜負了。特別是沈光儀，居然能夠說動儀隊……」

「有這麼困難？儀隊這麼不好相處？」裕明不懂，沈光儀明明很平易近人。雖然今天她參與儀隊練習所以沒來，但這幾日陸續幫了不少忙，給了很多建議。

「是一群驕傲的人。不過都是憑本事掙來。」

「高雲生真應該跟她們多學學。」裕明酸溜溜地調侃。

社長又一次嘆氣：「別這樣……這已經不是你跟他的私人恩怨。」

「我知道。」裕明說，「我不會再開這種無聊玩笑了。」

他收起嬉鬧的心態。明白現在背負的，是這些人的期待與支持。

11

政見辯論會的前一天，校刊社辦公室。

這些日子以來，裕明一夥更加卯足力氣，試著趕在有限的時間內爭取更多支持。習慣獨來獨往的裕明因此頻繁與其他人接觸，這是以前想都沒想過的。曾經他嫌與人打交道是浪費時間，實際來往後才發現沒想像中那麼糟。

好多人把他當成擊倒高雲生的希望，都給予鼓勵。這讓裕明相當訝異，尤其隨著辯論會接近，越來越多人實際表態，令他信心倍增。

他終於理解了，這場選舉不僅是要與高雲生爭個高下。正如阿強說過的，他將成為象徵，一個對抗校內不公的指標。

只是在裕明埋頭忙著的時候，發現好幾天沒看到阿強了，他既沒來校刊社會合、下課去他教室也找不到人，明明每天都到校的，卻不見人影。

裕明不免猜想，阿強該不會是怕了高雲生，不願意惹禍上身才故意疏遠？可惜這也不對，當初就是阿強強烈遊說他出面競爭，不可能沒考慮到背後的風險——尤其那天他倆才被高雲生的手下圍堵。

何況那陣子，阿強還要比他更加投入，實在沒道理突然退出。

除非是受了什麼威脅……裕明往最壞的方向思考。這很有高雲生的作風，既然會派手下來堵人圍毆了，區區的恐嚇算得了什麼？

「真是混帳。」裕明在心中暗罵，決定要趁贏下選舉後一併了結。屆時高雲生的自信必然落在最低點。縱使沒贏……裕明仍有把握獲得一定票數，這就足以打擊高雲生了。

不，這樣太消極。從來都應該只有一個目標，就是擊垮高雲生，粉碎他的自信。

「你在想什麼？表情好恐怖。」沈光儀輕喚。今天她也向儀隊請假。

「沒什麼。」裕明隨口帶過，「胡思亂想。」

「緊張了？」

「怎麼可能。」裕明說：「我等不及要上臺攻擊他的政見。」

「只要是合理的質疑都可以。一定要記得避免人身攻擊。」社長再次提醒，他實在很擔心裕明公開表現出憤世嫉俗的那一面。曾經親自領教過的社長，非常肯定這會對裕明的形象大大扣分。在理應單純的校園裡，沒人喜歡叛逆分子。校規不接受，學生也排斥。

「我知道，我會控制。你現在每天都要提醒，害我連做夢都會夢到。」裕明轉動手指，手上的鉛筆滴溜溜劃了一圈。

「還不是因為你太讓人擔心了。」社長沒好氣地說，「沈光儀，你覺得我的顧慮有沒有道理？他真的很讓人捏把冷汗對吧。」

「這個……」沈光儀遲疑後回答：「是有一點。」

社長望向裕明，露出「你看吧」的表情。後者無奈嘆氣，投降地說：「讓你們擔心真是抱歉。」

「知道就好。」社長嘴巴不饒人，平常他只有被裕明調侃的份，今天總算有機會回擊。「對了沈光儀，你有沒有興趣順便加入校刊社？」

「我？同時兩個社團可能應付不來……」

「沒關係，偶爾露臉就好。需要有人陪我一起壓制裕明，不然他老是我行我素的很不受控制。你聽過哪吒吧？裕明就像那個調皮又容易失控的神話人物，需要被玲瓏寶塔鎮壓。」社長終於找到人可以訴苦，想要拉攏進同一陣線。

「停。乾脆我退社好了。」裕明舉雙手投降。

「校規有規定，學生一定要參與社團。你該不會考慮加入儀隊吧？先提醒你，儀隊只收女學生。」社長在笑。

「什麼儀隊……」裕明還在想要怎麼反擊，辦公室的門忽然敞開。他驚喜地以為是阿強終於來露面，沒想到卻是一張猥瑣的老鼠臉。

「大家好啊！」鼠眼跟班笑得賊兮兮的，主動讓到一旁。不請自來的天之驕子赫然現身，大搖大擺率人闖入。

裕明一看見仇敵，隨即站起衝著對方喝斥：「高雲生，你又想幹什麼？」

「沒什麼。擔心你怕輸，不敢出席明天的辯論會，所以特別過來關心。不要緊張，我是好意。」高雲生的口吻與好意無緣，只有露骨的挑釁。

一夥跟班隨著他魚貫走入，壯碩的阿文光是往那邊一站就顯露出駭人的氣勢，令校刊社的成員紛紛警戒起來。特別是社長與沈光儀，兩人知道高雲生曾經唆使跟班毆打裕明。這件事在裕明強烈的要求下暫時保密，現在不免擔心高雲生逞凶。

「你的關心我們收到了，這裡是校刊社辦公室，你不是社員，請離開。」社長不卑不亢地下了逐客令。

「我沒記錯的話，沈光儀也不是社員。」高雲生對著沈光儀笑了笑，「光儀，果然是你牽線，讓儀隊與校刊社合作。」

沈光儀無語。

「你們認識？」裕明訝異地問，社長同樣驚訝。誰都沒想過這兩個性格迥異的人會有交集。

高雲生大方承認：「熟得很，我們兩家是世交。不愧是家裡從醫的，都有悲天憫人的情懷，難怪你願意幫助這個低俗又不知分寸的賤民。」

「我不是……」沈光儀才要反駁，裕明的聲音先蓋了過去。

只聽裕明怒回：「你嘴巴放乾淨一點。你還不是憑著你爸的庇蔭才能作威作福。沒了你爸，你以為有誰會把你放在眼裡？」

高雲生眉頭微皺，隨即收斂表情。他依然無法忽視這類指責。他裝沒事般反譏：「儘管說吧，你只剩那張嘴了。話說回來，我不是不請自來，是跟貴社社員一起來參觀的。畢竟我遲早要連任學聯會會長，當然得關心學生使用的社團空間。」

「社員？鬼扯，你的走狗根本沒校刊社的人。」裕明反駁。

「真難聽。原來他把你當走狗啊。」高雲生對著阿文笑，那笑容莫名爽朗，反而更令人不安。

「高雲生，你傻了？他又不是校刊社的！」裕明不懂這人在發什麼神經？難道高雲生自大到以為自己說了就算？

「阿文。」高雲生沉聲呼喚，聽話的阿文往旁讓開，露出被高大的他擋在身後的人。

是阿強！那個好幾天避不見面的傢伙，竟然與高雲生他們混在一塊！在場的校刊社成員、包括沈光儀，都是啞然無語。

久久不見人的阿強垂著頭，用力盯著地板，彷彿要一頭鑽進去似的。他緊緊抓住自己手臂，在制服的袖子壓出深深的皺痕。

「他是個聰明人，」高雲生拍拍阿強肩膀，嚇得阿強身軀發顫。「作出正確的選擇。」

高雲生的目光只在阿強身上短暫停留，隨後掃視裕明等人。「知道我是怎麼看你們的嗎？你們就像待在一艘逐漸下沉的破船，還愚蠢地以為自己航向充滿希望的新大陸。放心，等我連任，第一個政策就是好好整頓校刊社。不管是你們文章的水準或社員的品格，都有待加強。」

「不用費心了，高雲生，你不會連任的。」裕明怒視，「我會讓所有人知道，就算老爸再有錢，也買不到學聯會會長。」

「我不必花錢買，多的是會投給我的人。」高雲生刻意再拍拍阿強的肩，得勝般睥睨過來。「你以為其他人真會投給你？連認識你這麼多年的好朋友都改變立場了，你哪來的把握？」

「憑我比你光明正大、憑我比你有更多人支持。高雲生，準備當輸家吧。」

「我生來就是當贏家的命。」高雲生彎起一邊嘴角，嘲弄意味十足。「明天見，別逃啊。」放話完的他率眾離開。

走在前頭的阿強幾乎是落荒而逃，恨不得馬上遠離辦公室似的。

「阿強！」裕明對著那慌張的背影喊，可惜什麼都喚不回。

社長嫌惡地關上門，決定將門鎖好免得那夥人又回頭撒野。他不忘理性提醒：「裕明，你現在專心準備明天的辯論會就好。其他的事先都別管。阿強大概是有苦衷的。」

「我想也是。」裕明扳著臉，沒想到好友會被鉗制在高雲生手中，也沒料到沈光儀與他是舊識。

沈光儀不是遲鈍的傻子，心細的她沒忽略裕明的反應，因此難掩不安。她從未提及與高雲生一家的關係，是因為這對她來說甚至不比早自習小考重要。現在看起來反倒像是故意隱瞞，會不會……被當成是特地安插的眼線？

越想越慌的她急著解釋：「我不是像高雲生說的那樣才決定幫忙。我只是……」

可惜裕明陰鬱的神情令她只能把話打住。以裕明為中心，一股令人窒息的低氣壓瀰漫開來，大家都受到這股壓抑氣氛的牽制，任誰也沒說話，各自望向別處避開不看。

倍感無助的沈光儀真的急了。她望向裕明，可是裕明看也不看她，只自顧自皺著眉，瞪向空氣中的一點虛無。

她咬唇忍淚，眼眶卻不受控地模糊起來。

「我知道你不是。」儘管聲音嘶啞低沉，裕明終究開口：「你跟高雲生完全不同路的。我只是沒辦法接受他那樣目中無人，還從阿強下手。他如果真的有種，就該衝著我來。」

「我不管他怎麼說。你真的幫了我很多，謝謝。明天就能作個了斷了。」裕明從座位起身，順便背起書包，「我想一個人靜一下。你們離開的時候各自小心。」

眼看裕明開門離去，沈光儀不知道哪來的衝動，跟著追了出去。裕明走得好快，已經到了走廊的一端

「裕明！」她呼喊，終於讓裕明停下。

裕明回頭，仍身陷情緒的他眼神有點冷。各據走廊一端的兩人遙遙相望。

沈光儀毫不畏懼，隔著走廊，她奮力喊著：「你會贏的！」

裕明維持那樣冷冷的表情幾秒後，才慢慢展開有些尷尬的微笑。「對我這麼有信心？」

沈光儀用力點頭。眨了眨眼，淚水在睫毛上暈開。

當裕明走遠後，沈光儀仍站在原地不動，下意識摸著發燙的臉頰，忽然羞得想找個地洞鑽進去——會不會……太衝動了？

×××××

經過一夜的沉澱，裕明終於能夠平靜以對。

當他踏入大禮堂時，擁擠成海的全校師生已經依班級坐定。他沒有絲毫怯場，有的是急於與高雲生對決的興奮，準備以利言為劍，一一擊破高雲生政見的漏洞。

現在，就等正式開始。

他隨著訓導主任的引導，與高雲生一同穿越大禮堂的走道。學生們不止的議論像湯上沸騰的泡沫，目光都集中在今天最重要的兩名主角身上。

高雲生昂首闊步，臉帶自信笑容；裕明直視前方，眼神堅毅如磐石。

經過阿強的班級，裕明特別放慢速度，搜尋這個好哥們的身影，果然望見那對羞愧又隨即迴避的眼神。

「阿強。」裕明豎起拇指。

羞愧的阿強愣了幾秒後，同樣對他豎起大拇指。畢竟是多年的情誼。

「真是感人的友情。」高雲生的聲音冷不防飄來。

「你沒體驗過吧？身邊都是只懂巴結的小人。那些走狗平常是不是在你屁股後排隊，搶著要拍馬屁？」

高雲生冷哼：「你呢？跟一群不諳世事的文藝青年瞎混，有這麼值得驕傲？我今天就要毀滅這些浪漫又不切實際的妄想。歡迎來到現實世界。」

正式的辯論還沒開始，兩人首先展開唇槍舌戰。在登上講臺之前，已經來回攻防好幾次。

在這樣全校師生都聚集的場合，校長當然沒放過致辭說話的機會，死抓麥克風不放，開始不帶重點又毫無營養價值的長篇廢話：「所以說啊，各位同學們務必要記住，溫良恭儉讓，那是前人留下的悠久傳統與智慧、是為人的美德……」

裕明跟高雲生亦沒讓這樣冗長的時間平白消逝。在講臺角落等候辯論的他們，再展開一番口舌激戰。

「你真以為阿強把你當好兄弟？你的祕密他全都招了。」高雲生的眼神忽然凌厲，彷彿將眼前的對手由內而外徹底看穿，「你爸的感情史真是精彩。」

「不關你的事。」裕明臉色陡變。

「多一個新媽媽的感覺怎麼樣？在你半夜不小心尿褲子的時候，是哭著找誰？」高雲生故意裝出一副無辜的嘴臉，遺憾地說：「抱歉，我忘了你媽早就丟下你跑了，真是無情的女人。你只能找那個幼稚園老師幫你清尿濕的褲子。你半夜會不會常聽到奇怪的聲音，比如女人的呻吟？我相信你父親在床上一定非常賣力，聽說騙子特別欲求不滿。」

正如高雲生被質疑是靠父親才能坐擁成就，這成了他難以迴避的痛處。裕明則是對父親外遇耿耿於懷，至今無法甩脫。

眼看裕明臉色變換不定，高雲生更加針對這點猛攻，企圖在正式辯論前先動搖他的理智。「你跟儀隊鬼混，也是遺傳你父親吧？真是多情啊，看到女人就主動撲上去。儀隊這麼多人，你看上誰了嗎？還是說，其實已經……」

「閉嘴。」裕明沉聲警告，他渾身發燙，血液直往腦門怒衝。

「你才應該閉嘴。這些事你瞞多久了？校刊社、儀隊、其他支持你的人知道嗎？知不知道你瞞著家裡的醜事，裝得一副光明磊落的樣子，欺騙他們這麼久？」高雲生確信自己命中要害了，補上致命一刀：「你不只是輸家，更是騙子。完全繼承你爸的骯髒血統。」

「高雲生。」裕明咬緊的齒縫中迸出這無比厭惡的名字。拳頭同樣死握，差一些就要往高雲生那乖張的臉孔揮去。

校長彷彿無止盡的廢話終於告一段落，像個要會見偶像的小男孩般，語調噁心地拉高：「……好，各位同學啊，在今天這樣特別的選舉日，有個特別的貴賓蒞臨本校。讓我們一起鼓掌歡迎高委員！」

人在氣頭上的裕明沒聽仔細，高雲生卻是一個字也沒漏掉。

現身的高委員與他的長相神似，只是臉頰的皮膚鬆弛了些、髮量也稀疏，氣場卻是更加強大，散發身居高位的人特有的傲慢。

高雲生趾高氣昂的嘴臉瞬間垮掉，氣勢蕩然無存，萬萬不能相信父親竟然造訪。

裕明發現高雲生的異狀，又看見高委員那幾乎同個模子刻出的長相，不免嘲笑：「你真是不讓人失望。找爸爸來助陣，你就這麼怕輸？」

高雲生無語，眼睜睜看著父親從校長手中接過麥克風。

高委員站上講臺中央，首先習慣性環視臺下一圈，才開始說話：「大家好，很高興在今天這樣的日子，可以跟大家一起參與。所謂的選舉呢，其實是民主精神的一種展現。各位同學、甚至是在座的老師，可能現在對這個概念還不是相當熟悉，隨著時代的進步，有越來越多新的觀念出現在我們的生活裡，比如大哥大，這個機器讓人出門在外也能隨時隨地聯絡。至於民主，簡單來說，民主就是一種多數決，但是多數也要尊重少數……」

「你爸很適合當校長啊，廢話夠多。」裕明嘲諷地說。

高雲生沒聽進去。驀然想起那年的鋼琴比賽……他彈錯音，犯下致命的失誤。後來的結果卻是……

為什麼父親要來這裡？他究竟想作什麼？高雲生驚疑不定，暗自希望父親不要攪局，這是他與王裕明的對決，他發誓要親手打垮這個賤民、這個不停與他作對的礙眼存在。

高委員說起話字正腔圓，不忘捲舌：「關於選舉呢，不只是要選出一個大家都認為有能力做事的人，同時還要把這個人的品性放入考慮。像現在政府任職的所有官員，都是家世正當、為人清廉，隨時可以被檢視的。因此呢，我希望各位同學、包括老師也是，可以養成這樣的認知。」

高委員回頭望向高雲生，隨後再次面向臺下群眾。「我為了避嫌就不多說了，但是候選人之一的高雲生，他的人品以及如何優秀，相信大家都是有目共睹。至於另一個候選人王裕明……」

不、不……父親你不要亂來！高雲生瞪大眼，不安的汗水濕了整片後背。他不由自主地踏前，想要阻止父親。

「委員我呢，太晚才得知消息，為了查證花費一些時間，來不及事先告知你們的師長，只好在這邊公布了。關於另一個候選人王裕明，他的家世可疑，父親為了與其他女性交好，所以趕走妻子。父親的外遇當然與孩子無關，但是單親家庭的孩子疏於管教，品性一定有問題。」

隨著立委的發言，臺下各種猜疑的、不善的注視如箭，一再射往裕明。

裕明拳頭死握，幾乎要擰出血來。怎麼高雲生跟他父親都是如此卑劣之人!?

高委員的語氣轉變，像對下屬說話，顯露逼人的威嚴：「校長，王裕明除了時常頂撞師長之外，選舉期間不斷以校內報導抹黑雲生的清白、抹黑我捐錢給貴校的善意，是不是這樣？」

突然被點名的校長腦袋一片空白，他平常沒怎麼關心校內紛爭，都是任憑其他師長跟教官處理，被這突然一問，整個人都傻住了。他求助地張望，那些與他對上目光的師長都很有默契避開當沒看見。

「校長？」高委員追問。

「這、這個……」校長支支吾吾，心想既然委員這麼說，那就順著人家的意思才妥當。「是，的確有這回事沒錯！」

「我所有的質疑都是有憑有據，高雲生平常是怎麼享有特權，大家都看在眼裡。你為了讓自己兒子當選，真是什麼話都說得出口！」裕明站出來厲聲反駁。

高委員怒斥：「沒有教養！這是對長輩說話的態度嗎？你父親平常怎麼教你的？果然性格大有問題！」

被逼急的裕明喪失理智，一股腦怒罵：「你又多會教了？高雲生找人毆打我跟我朋友，你這個當父親知不知道、你是把他當流氓在養嗎？」

高委員冷哼，那模樣完全讓高雲生繼承去了。裕明瞬間以為有兩個高雲生同時在場。

「你顛倒黑白竟然還能臉不紅氣不喘，真是後生可畏。這事情我知道。」高委員對講臺旁的簾幕使眼色。鼠眼跟班從後走了出來，在高委員旁邊立正站好。

「你說說事情的經過是怎麼樣的？」高委員遞出麥克風。

鼠眼跟班彷彿迎接聖旨，用雙手恭敬接過麥克風，以一份過度惶恐的模樣開始說了：「委員、校長、老師、還有各位同學大家好……事情的發生是這樣的……我發現王裕明在廁所偷抽煙，想要阻止他，沒想到他惱羞成怒，跟同夥一起圍毆我。」

鼠眼跟班說著邊掀起一側的袖子，委屈地說：「我這裡還有瘀青，就是那時候被王裕明打的！他威脅我不准說出去，不然要把我打得更慘。」

裕明簡直要氣瘋了，沒料到鼠眼跟班這樣無恥，完全混淆是非。他激動駁斥：「那天動手的明明是你！」

「這位同學的瘀青這麼清楚，有可能是造假的嗎？」高委員說，「校長，我在想這名學生性格如此卑劣，除了造謠生事還恐嚇毆打同學。學聯會會長是統領學生事務、擔當表率的重要職位，讓他參選是否不妥？」

「這、這的確是……」校長在壓力之下，腦袋又是一片空白。腦容量都用來承載廢話的人，實在榨不出額外的東西。

「你們現在是要剝奪我的資格？就憑這人的幾句話？」裕明怒指高委員，惹得後者不快。

「這不是普通人，是委員啊！」校長脫口而出，忽然驚覺失言，趕緊住嘴。

「把你的手放下來！最基本的禮貌呢？」高委員不悅地命令。

裕明哪聽得進去？再指向高雲生：「你們父子狼狽為奸，為了一個校內的學聯會會長，連羞恥心都不要。這樣毀人清白開心嗎？很有成就感嗎？」

裕明怒極反笑：「難怪你這麼有把握可以贏下選舉，還敢說你的成就不是靠父親獲取的？」

我沒有……我不是！面對指責的高雲生在內心大喊，可是他知道演變至這樣的局面，沒人會信的。他永遠擺脫不掉這個形象。

高雲生腦袋一熱，放棄所有掙扎，轉而擺出最高傲、最跋扈的姿態對裕明撂話。那是只有講臺上的人才聽得到的音量：「要恨就恨你爸吧，那個骯髒的騙子註定讓你一輩子都要被我踩在腳底。愚蠢的賤民。快去找個女人亂上吧，儀隊的挑一個啊，就像你爸那個淫蟲……」

「王八蛋！」裕明厲聲咆哮。同時脫出掌握的，還有失控的拳頭。

12

「歡迎回到下半場的節目！進廣告前提到啊，王裕明性格的扭曲其實在求學時期就已經展現出來了。他特別叛逆，頂撞師長是家常便飯。不只是這樣而已喔，他在學校的時候還常常偷抽煙。一個未成年的學生，屢屢觸犯校規、挑戰社會觀感，是不是代表說他有某些不滿急於宣洩？是與父親的不愉快嗎？還是對整個體制的不滿？」主持人作了開場，丟球給其他來賓。

網路觀察家順勢分析：「關於這個喔，我想大家也年輕過，多少可以體會，在那個血氣方剛的時期，尤其是男生，最喜歡作一些特立獨行的事情，因為這樣會覺得自己很厲害、很屌啊！我覺得這是從以前到現在都沒有改變的啦，因為男生嘛，本來就是比較幼稚一些，侵略性也比較強。這是生物本能嘛。那關於偷抽煙，其實像我啊，我現在快四十了，在我唸書那時候，也是有同學下課幾個人揪一揪，就躲到廁所去哈煙。更別說現在從國中、甚至國小也有這種跡象。」

「對喔，但其實抽煙我覺得是小事情，跟酒駕比算是很輕微。」社會記者接著說：「但是王裕明比較危險的是在說他可能有暴力傾向。」

「暴力傾向啊!?」主持人延續上半場就不斷展現的驚訝臉孔，嘴巴大大張開。

「這也是從當年採訪這件新聞的記者前輩那裡探聽來的，王裕明曾經在學校裡面當眾打人，而且呢……」社會記者故意說得懸疑。

「哇，這麼殘暴啊！」主持人驚呼，打斷社會記者營造的氣氛。

社會記者乾咳一聲，乾脆直說：「當年王裕明毆打的，就是現任立委高雲生。」

「高雲生？」資深媒體人插話，「他現在的聲勢很不錯，是在野黨很可靠的戰力。大家都在傳下一次台北市長的選舉，在野黨會派他出馬。沒想到他會跟王裕明有過糾葛。這社會真是什麼事都有可能發生。」

社會記者說明：「這事情的發生是起因於校內學聯會會長的選舉。王裕明輸給高雲生，他不服氣，所以動手洩憤。」

「這麼輸不起啊！」主持人直搖頭：「真是一點風度也沒有。可以說他的情緒控管非常差。」

「除了高雲生之外，據傳王裕明同樣對其他學生施暴，原因說起來真的是很惡劣，就是因為那個學生剛好撞見他抽煙。王裕明為了逼對方保密，所以直接把人拖進廁所打，狠狠地揍啊！」社會記者補充。

「這是相當嚴重的暴力行為。」網路觀察家說，「所以王裕明最後弒父的舉動是有跡可循的，從他小時候的經歷、到就學時期的種種叛逆與暴力表現……」

「對的，沒錯！」主持人說：「他在高中畢業之後呢，聯考失利，大學沒考上。根據當時街坊鄰居的說法，他後來整天遊手好閒，也是在這個時期，王裕明跟父親的爭吵越來越激烈……」

名嘴們說到激動處，電視畫面突然啪地轉黑，那些聒噪如槍林彈雨的話音瞬間消失。

吃著便當的幕僚望著漆黑的電視螢幕，不解地問：「委員，你是不是因為名嘴提到你，卻沒有事先告知所以不高興？需不需要我打個電話去關切？」

高雲生沒說話，沉默放下遙控器。年過四十的他因為保有運動習慣，看上去比實際年齡年輕，但跑了整天行程，仍然難掩倦容。

他坐在服務處的沙發，為了不讓民眾反感所以選用廉價的產品，品質自然不比家中的舒適好坐。在肉體疲倦的現在，更是覺得如坐針氈。

高雲生喝了幾口瓶裝礦泉水，便當動也沒動。自從看到名嘴節目的標題是王裕明弒父案後，胃口頓時全消。耐著性子看到這邊，已經無法再忍，關了舒心。

這麼多年過去了，他總算一路慢慢爬升到立委，再下一步就是當初父親沒能奪下的市長位子。可惜，這一切父親都沒機會親眼見證。

早在幾年前父親便因病去世。高雲生沒有停下，這輩子他都走在父親安排的眼前路，從來沒有身後身。

幕僚趁機獻策：「委員，既然名嘴提到你，正好是可以拿來作新聞的機會，要不要用這議題趁機擬個相關提案，增加曝光度？」

「不必。」高雲生想也沒想，直接否決。

他閉上眼睛沉思，以前的種種回憶接二連三浮現。

那個囂張不羈的人哪，怎麼能夠生得如此礙眼？就連死後還是如陰魂般纏著，在電視上一遍又一遍播送，被名嘴們七嘴八舌討論，給捏造成完全不同的形貌。那個人若地下有知，搞不好化作厲鬼也要現世復仇。

高雲生緩緩睜眼，幕僚繼續吃便當，還拿出手機查詢王裕明的相關資料。

「這件案子讓你這麼好奇？」高雲生問。這個幕僚終究是年輕人，好奇心旺盛。

幕僚心虛地搔頭，沒想到會被發現。「委員你眼睛好利，這樣都被你看到。」

高雲生微微牽動嘴角，作了個似笑非笑的表情。他沒看清手機的小小螢幕，但征戰政壇多年，憑的是夠深的城府還有對人性的瞭若指掌，自然能判斷幕僚的動作。

「委員……王裕明他……真的打過你？」幕僚終究忍不住好奇。

「嗯。」高雲生指著右邊臉頰，「這裡，挨過他一拳。」

幕僚訝異瞪大眼，「真、真的啊!? 我以為那些名嘴都是在亂說。」

「的確是亂說。」高雲生的眼神微冷，這些年的歷練讓他成功學會收斂慣有的傲氣，現在顯露表面的是令人信賴的沉穩。

「真實的王裕明是個什麼樣的人？」幕僚追問。

高雲生沉默一陣，久久沒說話。幕僚跟著緊張，深怕自己失言，讓委員不開心。

「是個混帳。」高雲生終於回答，接著起身。他撇下愕然的幕僚還有完全沒動過的便當，逕自離開服務處。

高雲生遣走司機，同時塞了張千元鈔過去，要司機今晚坐計程車返家。

那名高大如熊的司機語調遲緩，不明白地輕喚：「雲生……？」

「我想一個人開車晃晃。沒事。」他拍拍司機的肩，隨後鑽入駕駛座。

車子行駛在台北市區，入眼盡是五顏六色的雜亂招牌、燈火通明的店家、路燈錯落的光、成群穿越馬路的行人……縱使入夜，街頭依舊熱鬧，這是當年少見的景象。時代的迅速變遷，讓都市面貌與生活型態與過去截然不同。

那個年代的事，回首起來都像遙遠的舊夢。

車子穿過街口，來到一處公園。高雲生停車，關閉油門後降下車窗。夏夜的晚風拂進駕駛座，伴著公園裡的蟲鳴。

他掏出煙盒，叼了一根在嘴，遲遲沒有點火。思緒已經被拉回遙遠的過去，回到學聯會會長選舉的那一天——

他人在校內的保健室，手拿冰袋敷著腫起的臉頰。幾名跟班如忠犬般守候在旁。剛才挨的那拳著實不輕。

可是比起痛楚，還有其他更難受的事。

「老大，恭喜你連任！連投票都不必了，這下子讓王裕明輸得一點面子都沒有。」鼠眼跟班搶著邀功。

高雲生手按冰袋，沒有正眼瞧向鼠眼跟班，而是瞪著保健室其中的一面牆，近期才刷新的牆面潔白如紙。保健室的整修經費，也是來自父親的捐獻。

「為什麼？」高雲生面無表情地問。

「咦？老大，這都是因為委員關心你呀，所以我定期向委員回報老大你在學校的狀況。這次王裕明來勢洶洶，委員擔心你沒辦法順利連任。總不能讓老大你丟臉嘛！」鼠眼跟班回答。

「這樣啊。」高雲生點頭，「我父親給了你多少好處？」

鼠眼跟班訕訕一笑，一股勁地搔頭，好像有隻難纏的頭蝨躲在頭髮裡，非得揪出來不可。

高雲生繼續問：「你那傷是怎麼來的？」

「這、這個啊……」鼠眼跟班獻寶似的拉起袖子，「這傷來得正好，前天上體育課打籃球，為了搶球所以跟班上的人撞在一起，然後就瘀青了。」

高雲生仍是看也沒看。「果然都是假的。」

「老大你可別這樣說，你連任是真的啊！」鼠眼跟班搓著手，一臉想要邀功的模樣。

「阿文。」隨著高雲生的低喚，守在門口的壯漢馬上有了動靜，拖著緩慢的步伐來到高雲生身旁。高雲生指著鼠眼跟班：「給他一些真正的傷口。」

「……雲生？」阿文遲疑不動，在他的認知裡，鼠眼跟班是自己人才對。

高雲生忽然瞠目大吼：「給我打！」

阿文龐大的身軀震了一下，他沒見過高雲生如此生氣、其他跟班亦是。眾人嚇得噤聲，只有鼠眼跟班顫抖求饒：「老、老大……不要啊！」

聽命的阿文無視鼠眼跟班的叫喊，強行把他拖往保健室角落，大掌與巨拳輪番招呼。鼠眼跟班哀號連連，比誤觸捕鼠夾的家鼠更淒厲。

保健室的老師聽見騷動，趕來查看。高雲生狠戾喝斥：「沒你的事，退下！」

那名保健室老師遲疑不動，畢竟鼠眼跟班的哀號太慘、太駭人。

「我爸是立委，你不要惹我。」高雲生凶惡地警告。

高雲生心中有數，一旦父親公開登場介入選舉後，他就無法擺脫掉倚仗父勢的形象了。在這瞬間即放棄所有掙扎，自暴自棄扮演好這個被父親庇蔭的角色。

「停手。」高雲生喝令，阿文乖乖收起拳頭，退到一旁。鼠眼跟班跪地不起，抱著身體蜷成一團，不住啜泣。

高雲生昂首來到鼠眼跟班面前，抬腳踩上他的後腦杓。「喜歡好處？醫藥費去找我爸拿！」說罷便把手中冰袋往鼠眼跟班砸，嚇得鼠眼跟班瑟縮在牆。

高雲生扔下一夥跟班不理，快步離開保健室，就這麼邁出校門口，連警衛也攔不住。

他匆匆在路邊招了計程車，直接返家。儘管司機訝異這時間怎麼會有學生在外遊蕩，但鈔票足以令人閉嘴，省去不必要的發問。

高雲生這番突然返家的舉動著實嚇壞眾人。

「少爺！」老管家驚呼。

「雲生！」母親被他的異狀嚇壞。

全部無視的他直奔上樓，安放獎盃的架子穩穩佇立在走廊上。高雲生伸手抓住那座不該屬於他的第一名獎盃——

那次彈錯音的致命失誤，註定這獎杯本來就不該屬於他。

高雲生雙手高舉過頭，用盡全身力氣砸落獎盃。碎裂聲後，他繼續抓取其他獎盃，一個、兩個、三個……全部砸壞，不用留了。然後是獎狀，通通撕毀，連那張自認憑實力贏過王裕明的作文首獎獎狀也沒放過——撕了！

母親跟老管家傻立在走廊一頭，眼睜睜看他失控發瘋。母親捂臉哭泣，老管家束手無策。

最後，是接到通知趕回的父親一巴掌狠狠摑在臉上，痛得高雲生瞬間暈眩，連眼前的景象都化出重重疊影。

「你在發什麼神經！」高父怒斥：「砸這些獎盃幹什麼？」

高雲生孤立一旁，沒有答話。母親衝上來護著，「孩子難免有情緒，你有話好好說，不要動手！」

高父罵著：「連情緒都控管不好，將來能作什麼大事？」

「今天為什麼要插手？」高雲生真的不能接受。

「你還有臉問我？區區一個學聯會選舉都搞不定。我聽說了，那個王裕明很受其他學生支持，連儀隊也跟他站在同一陣線。枉費我出那麼多錢幫儀隊更換隊服還有裝備，結果你沒把握住！王裕明還是個父親跟別的女人亂搞、教養低賤的人。你怎麼能輸？差點丟了我高家的臉！」

「我不會輸，投票出來的結果一定是我勝！你去跟校長說，要他開放投票，讓我跟王裕明堂堂正正比一次！」

「你當然不能輸，我堂堂一個立委的獨生子出來選會長，只能有一個結果，就是贏！反正你給我聽好，這件事就是這樣了，你當選，沒有其他異議。不要妄想搞什麼重新投票，我不准！你給我好好經營，只要你作得好，就沒人質疑你會長的資格。平民就是健忘，時間一久他們會淡忘今天的紛爭，只認你是會長，懂不懂？現在給我回房間好好反省。沒有叫你不准出來。」

高雲生黯然回房，途中忽然被父親喚住。「對了，大學都幫你安排好了。你記住校內的成績要保持，不要讓人質疑，聽到沒有？」

高雲生停頓幾秒，繼續走回房。

他沒有反省，滿腦子想的都是沒有勝過王裕明，兩人至今沒有分出高下。他沒能放聲笑到最後。

難道從今以後都得被這未完的勝負給糾纏？

13

自從那次不甘受辱而當眾揮拳後，裕明在校內的處境陷入前所未有的低點。

他首先被記了兩大過及兩小過的處分，瀕臨退學邊緣。同學們也刻意疏遠，從此裕明周身彷彿隔了層怪異不協調的空氣，與周遭的人格格不入。更別提那些異樣看待的眼光，父親外遇被公諸於世，讓他無辜受到非議。

裕明有恨，不懂為什麼父親犯的錯要他來承擔、甚至被高雲生利用，徹底貶低了人格。好一些人看待他，就像看著預備外遇的人，隨時都要出軌。

硬氣如他不肯示弱，也幸好本來就習慣了獨來獨往，不與人糾纏就能省去不少麻煩。

可惜最難以釋懷的，恐怕還是讓校刊社以及曾經支持他的人失望。裕明扛不起這份重擔，索性自我放逐，下課便躲到沒人的地方，比如書庫，不多花一秒待在教室，更不肯再去校刊社。

高雲生找父親介入選舉的步數的確惡劣，但裕明心知如果不是衝動打人，事態或許還有挽救的機會，結果他親手將所有的可能性摧毀殆盡。

幾次社長跟沈光儀試圖與他對話，他都冷淡迴避。惹得社長與沈光儀氣餒不已。但是裕明真的不知道該拿什麼臉見他們才好？

直到高三分班，班上終於沒了熟面孔、沈光儀跟社長在相隔遙遠的班級，加上都埋頭準備聯考，終於讓裕明不必再費力閃躲。

至於當作好哥兒們看待的阿強，一次也沒有露面。裕明覺得這樣也好，他無心再與任何人往來，只盼高中生活儘早結束。

在這樣的盼望以及考試反覆的壓榨之下，裕明度過高中的最後一個學期，終於迎來畢業典禮。

「你們記得，進入大禮堂的時候要保持秩序，不要吵鬧。只要你們還在這間學校，就要遵守校規。」講臺上的班導師死板地提醒。在教室外等待的家長們紛紛點頭，十分贊同老師的叮嚀。

臺下的學生已在制服別起紅色假花，花下是一張註明「畢業生」的長型紙卡。裕明也不例外，儘管他覺得愚蠢又無心參加。這種空有形式不具備任何實質意義的典禮，說穿了又是讓校長主任露臉亂噴口水、繼續浪費學生的青春。

裕明一心只想儘快拿到畢業證書，其他事情怎麼樣都無所謂。萬幸的是導師為了節省時間，在學生都到齊後便將證書分發下去。

「我警告你們不要惹事，最後一天了，安分一點。今天還是能依照校規記過的，小心不能畢業。」班導師特別盯著裕明，這話是針對他說的。

裕明已是師長眼中的問題學生，誰都擔心他會在畢業典禮這樣的場合再次大亂。

裕明不閃不避，迎著那不信任的目光，深深瞪進班導師的瞳孔，直到班導師避開視線轉移話題：「明天教室還是會開放讓大家來唸書準備聯考，我也會每天都來……」

「訓導處報告、訓導處報告！請三年級畢業生現在至走廊排隊，由各班導師帶隊前往禮堂。」校內廣播暫時打斷老師叮嚀。

老師閉嘴，等待廣播結束後繼續交代：「記得到校還是依照正常上下學時間，還有要穿著校服背書包。便當會統一登記後訂外送，不是家長送便當的記得要帶錢。先這樣，都到外面排隊。」

同學們接連站起，在走廊上依照升旗時的隊形排好，家長們紛紛跟隨在隊伍後方。在班導師帶隊前進時，裕明趁著與其他班級的隊伍擠成一團時，帶著畢業證書悄悄往反方向溜走。

有學生注意到他，那詫異的眼神讓裕明不耐又不屑，不就是翹掉畢業典禮省得浪費生命，有什麼好驚訝的？反正畢業證書已經到手，明天之後他不會再來學校了，老師也好教官也罷，沒資格對他說三道四了。

說到底，師長耍威權的範圍僅限校園，出了這地方，還有誰理他們如何廢話呢？一個真正好的老師根本不必拿身份壓人，學生自會尊敬。

獨自背離人群的裕明漸走漸遠，把喧囂的人聲抛在身後。今天是週六，只有畢業生與師長到校，伴以共同觀禮的家長們。現在眾人都往禮堂集合，整棟校舍頓時空蕩蕩的，像被遺棄的死城。

裕明走著走著，忽然覺得自己真像孤魂野鬼，爹不疼沒娘愛，是師長的眼中釘又被同學排斥……堅持每天到校純粹是不服輸，不想讓人以為自己怕了。

可惜這一年半載的逞強之中，學業成績起起落落，遠遠失去過往的水平。面對即將來臨的聯考，他心中有數，恐怕與大學無緣。

落榜在這年代是家常便飯，大學數量有限，就連考上私立大學也是一件值得誇耀的事。於是補習班一家一家開，重考生以青春為籌碼，試圖拚搏一個光明燦爛的未來。

裕明也許會是其中之一，但心裡實在沒底。正如所有被國民教育養成的學生，從小至今不斷被灌輸的觀念就是唯有讀書高，考上好大學才有成功的人生。

縱使裕明再不屑，亦難逃這根深蒂固如洗腦的念頭。沒錄取大學要怎麼辦、未來何去何從？他尋不到解答。

忽然一個聲音悄悄從心裡冒出來，低聲說著：沒關係，只要別變成父親那樣的人都好。

想到父親，又是滿腔怨憤。裕明毆打高雲生的那一天，父親接獲通知趕來學校，在校長及教官面前不斷對高雲生的父親賠罪。好窩囊。

為什麼要那樣低聲下氣？為什麼不停哀求校方別讓他退學？裕明不明白，又不是沒有其他高中可念？即使這裡的升學率高又如何？師長偏袒權貴子弟的嘴臉就是無法作為表率，更別提校長傻不隆咚，不管高雲生的父親說什麼，都只會唯唯諾諾地點頭、點頭又點頭，完全是人家說了算，沒有一點想法。

父親彎腰道歉的模樣太刺眼，當下的裕明別過頭沒看，全把注意力放在火辣辣的手掌上。

盛怒毆打高雲生的那一拳幾乎是卯盡全身力氣，落得兩敗俱傷的結果。沒有任何保護的拳面果然腫起，手腕也在發疼。

皮肉傷雙方都有，但最終拿下學聯會會長位子的人是高雲生。沒有票數的比較，因為連投票的過程都沒有，裕明被直接剝奪資格。

這一仗，他慘敗，輸了太多。

裕明下意識來到圖書館，可惜今日沒有開放，無法進入視為避風港的書庫。想當初是在這遇見高雲生，雙方就此結下梁子。那個跋扈的富家子弟，為什麼能夠這麼礙眼、這麼令人不快？

裕明甩甩頭，不管了，從今以後不會再看見這張令人厭惡的臉孔了。他忽然好感慨，曾經擁有過這麼多：阿強、社長、校刊社的同伴、沈光儀……最後卻一一失去。現在落得自己一人。

他忍不住笑了，這樣也好，省得還要亂七八糟地牽掛。一個人有一個人的瀟脫。

他離開圖書館，下意識往高處走，直至校舍最高的樓層。這裡足以俯瞰整座校園：空無一人的班級、校門外賣棉花糖跟花束的攤販、來遲的家長……

天頂是盛夏慣有的碧藍，那純粹的藍溶解了所有雲朵。裕明的制服底下不斷冒出汗粒，順著肌膚滑落。

他忽然往口袋摸索。煙盒不在慣有的位子。正確來說，已經不在很久了。這後續的日子裡，要說最大的收穫，或許是莫名奇妙戒了煙。少了阿強，再也沒人跟他一起躲在廁所，享受下課十分鐘的哈煙時間。

裕明拍拍口袋。沒關係，不抽煙也很好。可惜在這樣的日子難免有感觸。

他靜心感受留在校園的最後時間。不會再回來了、不會再見到這裡認識的人，從此各奔西東。

「可惡，好像有一點捨不得。」裕明自嘲，曲終人散的寂寞就是這樣的感覺吧。阿強、社長、沈光儀，都再見了。

他待了太久，畢業生已經離開禮堂，開始穿越中庭步往校門。胸前別著的紅花像一抹血般釘在制服上，隨著學生的步伐脈動。

裕明不想與其他人擠在一塊，至少在最後一天省去多餘的異樣眼光，他實在被盯得煩了。只好百般聊賴目送這些或許相識、或許只有一面之緣的同儕遠去。最後受不了日曬，退到走廊的陰影裡倚牆坐下，一直等到中庭傳來的人聲消失，才下樓前往停車棚。

他牽著腳踏車走在離校的路上，附近只剩零星的學生。還沒等到走出校門，便先遠遠望見一個陌生卻令他莫名在意的身影。待又走近一些，那人發現他，搖搖晃晃招手。

腳踏車發出難聽的煞車聲。裕明驀然止步。

裕明不敢置信眼前這面容枯槁的人竟是父親。暴露在陽光下的父親倍顯憔悴，蠟黃的臉龐冒著浮腫的眼袋，鬍渣如墳前叢生的亂草。或許是太久、太久沒在自家以外的場合見過父親，裕明愕然驚覺，父親竟然衰老了這麼多。

印象中身為公司經理的父親是意氣風發的，舉手投足皆難掩自信。可是此時此刻，記憶中的氣勢蕩然無存，罩在皺痕滿布的襯衫裡的人，根本像個窮困潦倒的流浪漢。

在父親委曲求全當眾賠罪之後，裕明對父親的態度更是冷淡，可以說是不聞不問，渾然沒有發現父親這些時日的劇烈改變。

裕明佇立原地，遲遲沒有上前會合。他還無法相信，父親竟然成了這副德性。

父親佝僂前行，一步步走來，人還沒到，酒臭味先遠遠飄來。

「你又喝酒？」裕明不開心地問。

父親回應般打了酒嗝，身體因著醉意微晃。「你畢業，我開心……嗝！」說完又是打嗝，幾個經過的學生不禁側目，嫌惡地避開。

這種嫌惡同樣出現在裕明臉上，他極度討厭長浸酒精中的父親。現在還大咧咧往學校跑，不怕讓人看了丟臉？

父親來到他的面前時，已經給烈陽逼出滿身大汗，忍不住扶著腳踏車的置物籃喘氣。裕明屏息忍耐熏人的酒臭，有股想扔下腳踏車就走的衝動。不遠處的校警一直看著這裡，好像在防備父親這醉漢鬧事。

父親緩緩抬頭，被酒精浸染的瞳孔無法順利對焦，似乎看著裕明、也像看往裕明身後的什麼東西。父親伸手往褲袋摸索，掏啊掏的，袋裡的零錢發出鏘鏘的碰撞聲，最後取出一枝黑色的鋼筆，遞了過來。

「畢業了，恭、恭喜。」父親咧嘴一笑，好像是用盡僅存的力氣才擠出的笑容。父親怎麼會變得這樣虛弱？裕明驚疑不已，遲遲沒有接過。父親的手與鋼筆懸在空中，手臂的點點汗粒反射陽光，刺得裕明不願多看。

「快拿啊？這筆不便宜，我翻了好久才夠錢買的！」父親忽然發怒，抓住裕明手腕，要將鋼筆強塞入手。

兩人拉扯之際，高雲生父子與校長步入中庭。恭送高雲生父子離校的校長滿臉陪笑，亦步亦趨跟在一旁。高委員口中不知道在說些什麼，校長不斷點頭稱是。落後高委員一個腳步的他像個太監般微微垂腰，儘管高委員看不見，仍是作足謙卑的姿態。

高委員等人接近校門，果然看見裕明與他父親。同時，裕明也注意到這三個面目可憎的人。高雲生與裕明目光相接，雙方臉色同時一沉。

「王裕明，你在這邊幹什麼？」看門狗般的校長當即喝斥，「是不是又想惹事了？」因為高委員在場，校長喊得格外起勁。

裕明無視校長，冷眼注視高雲生父子。酒醉的父親聽見聲音回頭，在酒精作用下衝著校長叫罵：「你誰啊？禿子……在亂喊什麼？」

校長眼睛瞪大，下意識按住光禿無毛的頭頂。

高委員鄙夷地嘲笑：「這不是當初失控打人的學生嗎？這對父子還真是一樣狼狽。」一旁的高雲生雖然沒講話，但眼神徹底展露出對裕明父子的不屑。

高雲生父子衣著光鮮，盡顯權貴人士的貴氣。相較之下，裕明看見父親不僅爛醉，身上衣物更是邋遢，一切在他最不願意示弱的高雲生面前顯露無遺。

裕明忽然羞恥難忍，用力抽手，那枝不肯接下的鋼筆落在地上，撞出悲哀的空洞聲響。

他頭也不回地騎車奔出校園，只想要把這些狼狽恥辱的過去全部擺脫掉。

第四章
復燃後

14

「王裕明，內場的盤子快去洗一洗！你看都堆多高了？」外場領班隔著幾桌客人喊著。

剛替客人上菜的裕明應了一聲，捲起袖子往廚房走去。內場混雜鐵板煎烤的肉香與熱氣，還有一股陳年的油垢味。水槽浸滿油膩的碗盤，食物殘渣與油漬在汙濁的水裡漂浮。

面無表情的裕明拿起菜瓜布，往水槽內注入沙拉脫，在盡量不弄髒制服的前提下，快速清洗堆疊如山的碗盤。

聯考落榜後，他找了份西餐廳服務生的工作，穿起彆扭的白襯衫與西裝背心，負責接待客人與端菜送餐、還有各種被臨時交代的差事。

「動作快一點，盤子不夠用了！」在爐前烤出滿頭汗的廚師扭頭吼著。

裕明應聲，整間餐廳就他資歷最淺又最年輕，被喝斥是家常便飯。尤其正逢用餐時段，廚房忙碌如戰場，鐵鏟的鏗鏘聲、肉排在燒熱的鐵板上被燙熟的滋滋聲與油煙、來回備料的廚師、送餐的外場服務生……

他盯著手邊沾滿白色泡沫的盤子，抓著菜瓜布用力來回刷洗。那對眼神黯淡無光，只有被生活摧殘出來的疲累。

清洗乾淨的盤子在水槽旁整齊疊好，裕明打開水龍頭用清水簡單沖去手上殘餘的泡沫，這才抱起盤子放到盤架上待用，隨後回頭清洗餘下的部份。

「王裕明，盤子洗完沒有？出來幫忙送菜啊！」外場的同事吆喝。

裕明只得匆匆抹乾雙手，快步奔到出餐區拿菜。他端起不斷發出燙人熱氣的牛排，與其他忙如工蜂的同事擦身而過，將餐點送到指定桌位。

「您的牛排。」裕明送餐上桌。客人看也沒看，更別提簡單的道謝，拿起刀叉便開始享用。裕明回收新的空盤，端回水槽繼續清洗。

整個繁忙的用餐時段，裕明就這樣來回奔走，應付各種差遣。腳穿的廉價皮鞋擁有石頭般堅硬的鞋底，長時間下來往往讓腳底板疼痛不堪，甚至順著阿基里斯腱蔓延，讓小腿肚腫脹僵硬。

他忍著痠痛與疲憊，終於熬到打烊。可惜工作仍沒完，還得善後。擦淨餐桌、清洗餘下的碗盤、拖地……終於忙完的時候，已經離表訂的下班時間好久了。

裕明把西裝背心折好掛上休息室的衣架，披起藍色牛仔外套。沒多理會其他同事、省略懶得說出口的道別，直接離開。

秋末夜晚已經有明顯寒意，一踏出西餐廳，陣陣冷風便從衣服的縫隙灌入，令裕明忍不住打起哆嗦。他牽起停在外頭的腳踏車，沒有餘裕購入摩托車的他都是以此通勤。

裕明騎過幾條街，直到離工作的西餐廳夠遠，才停在路旁，就地坐在打烊的店家門口。他慢慢伸直痠疼難耐的雙腿，吐出長而沉的濁氣，像要把積累胸中的不快通通排除掉。

他從口袋翻出煙盒。曾經戒了，卻不敵工作的苦悶，又一次選擇尼古丁。這是僅存的抒壓方式。

叼著煙，他攤開手掌，手指因為反覆接觸清潔劑而龜裂，指頭因此滲出血來。休假的天數太少，沒有讓傷口復原的機會。算了算，今天是二十三號，這個月到目前為止只休了四天假。上班完全成為生活的重心，讓生活不再是生活。

裕明放空望著馬路交錯來去的車輛，即使方向不同，在這個時間都是要返家了吧？可是他哪裡都不想去，說不定停在此處也不錯，瑟縮在騎樓的陰影裡、倚著別的店家緊閉的門口。不用回家、不必上班。

一對夜歸的陌生夫婦經過時不斷打量，裕明還以無語的瞪視並用力吐出二手煙霧，終於讓這對夫婦不再亂看，迴避瘟疫般加速走遠。

裕明再抽了幾根煙，嘆氣後拍拍屁股離開，認命踩上腳踏車。

時間越晚，溫度越寒。他抵抗迎面而來的冷風，朝著家的方向。

×××××

拖著疲累身子到家的裕明，以為全身的肌肉都在發出無聲的哀鳴，尤其是小腿的部份，腫脹得像要炸開。他只想就地躺下，什麼都不管也不想。

可惜，喝醉癱睡的父親是如此礙眼，無法當沒看見。

沙發上的父親睡得東倒西歪，四肢像放肆生長的樹根，以沙發為中心舒展。桌上桌下散滿連日堆積的空酒瓶。掀開的保麗龍餐盒裡是吃剩的豆干海帶，一隻蟑螂停在沾有蔥花的竹筷上，慢慢往盒中爬去。垃圾桶亂塞的便當盒與塑膠袋已經滿了出來，容納不下的部分散落在地，被尋寶的蒼蠅光臨。

裕明呆立幾秒，一股無名火油然而起。他用力甩上門，巨響彷彿撼動屋內所有的灰塵，霎時連空氣也跟著抖晃。

父親的肩膀忽然猛縮，整個人驚醒。他睡眼惺忪望來，口齒含糊地抱怨：「門關這麼大力……當我不用睡覺嗎？」

「你睡的還不夠多嗎？」裕明煩躁地抓頭，扯得頭髮凌亂。

「你現在是要教訓我？」

「不去找工作，整天就知道喝酒睡覺，像個廢人一樣。」裕明口氣極差，在經歷一整天的工作轟炸後，耐性已然歸零。

「什麼廢人，你再說一次！」父親撐著沙發坐起，酒精未退的身體搖搖晃晃，連指向裕明的手指都在顫抖。

「廢人。」裕明毫不客氣地重複。

父親隨手一揮，掃落桌面酒瓶，碰撞聲敲響在屋裡。「我養你長大，賺錢供你唸書。你說我廢人？不知道感恩的東西！」

「現在是我養你。算報恩了吧？別總拿這些事來說嘴！」滿滿的怒意在裕明的胸中膨脹開來。

雙方不歡而散，裕明把自己鎖進房間。外頭的父親持續叫罵。裕明乾脆打開收音機，讓音樂蓋過罵聲。內插的卡帶還是當年母親愛聽的歌，這十年以上歷史的老歌聽在耳裡，沒有一絲懷念，只有加深對父親的怨憤。

如今的裕明已經成年，也在職場打滾了一段時日，卻發現還有好多事情弄不明白。比如始終找不到解答，能為這個家變成今日這副模樣作解釋。有的，只是無人能給予回應的困惑。

房裡的家具在不知不覺間積起一層厚灰。被工作綁架的裕明疏於打掃，更是盡量減少與父親共處的時間，哪怕只是待在房裡、沒有實際見到那張頹喪臉孔都嫌反感，彷彿在這屋簷內的空氣都充滿病毒，令他想逃。

裕明連衣服都沒換便整個人倒上床，把臉埋進被褥。身子陷入柔軟的床，所有的重量都被接納。本來就所剩無幾的體力因為發怒又被消耗，彷彿溼抹布被扭到最緊再也擠不出任何水來。

重鎚似的倦意敲打上頭，裕明眼睛緊緊閉合，意識在剎那間喪失，陷入黑暗無夢的睡眠。

卡帶的歌曲一首接一首播放，直至整帶捲盡，在深深的夜裡，終於沒有一點聲音。在那之後裕明忽然醒轉，快速地確認時間，幸好不過是凌晨四點。這一覺太沉，他以為貪睡到中午，再差一些上班就會遲到。

放心之後他再閉起眼睛，試圖重新入睡。輾轉翻來覆去卻不幸發現精神很好，只好認命起床，脫去睡前沒換下的牛仔外套與白襯衫、西裝褲。

附著在衣物的油垢味依然濃重，可是裕明懶得清洗，決定隔日繼續穿這套。太累了，工作剝奪太多力氣，讓他採取得過且過的態度。反正死不了。餐廳內的食物氣味又重，足以掩蓋這身油垢味。

他離開房間，父親已經不在客廳，只留下滿桌狼藉。裕明皺眉翻來垃圾袋，把空酒瓶還有吃剩的小菜掃入袋中。在彎腰撿拾散落在垃圾桶旁的便當空盒時，一隻蟑螂冷不防從中竄出，爬過他的手掌後一溜煙鑽入櫃子與牆面的縫隙。

裕明嫌惡地甩甩手，把垃圾袋口封好，暫時扔在門口，等哪天休假碰上垃圾車再丟吧。雖然是這麼想的，但堆疊在這的垃圾袋為數不少，只因為裕明總是錯過。交代父親處理已經不是選項之一，很久之前裕明就明白這是浪費口水。

他環顧屋內，有記憶以來就在這裡長大，過去有這般灰暗嗎？是衰弱日光燈的緣故、還是因為無法再用樂觀的角度看待？布滿酒漬的桌面、破皮累累的沙發、積著黑泥的磁磚地板、黏滿灰塵的老舊電扇、還有隨便置放各處看不出實際用途的雜物……

這個令人心煩意亂的空間，真的是以前那個家嗎？不，本來就沒有以前或現在之分。一直、一直都是同一個地方，沒有改變。變質的是人，多年杳無音訊的母親、外遇後分手又失業的父親、聯考失利後開始賺錢養家的自己……那個被日復一日少有變化，只剩下工作的生活給消耗的自己……

一種悲哀的無助感忽然籠罩裕明，在慘淡的燈光下，他感到前所未有的茫然。繼續下去沒問題嗎？索然無味不停耗損的日子還能支撐多久？在西餐廳掙來的薪水有限，勉強與家中開銷打平。父親好像溪裡的水鬼，緊緊鉗住裕明的腳踝要將他往最深處拖去，直至溺斃。

裕明看不到浮木、尋不著獲救的可能。他遊魂般走往浴室，脫去僅存衣物。從蓮蓬頭傾落的熱水沖散寒涼潮濕的空氣，舒緩疲勞的肌肉。搓開的肥皂泡沫刺激了龜裂的手指，針扎似的疼痛鑽入肉裡。

裕明漠然忍受，繼續抹上肥皂。泡沫與髒汙隨著熱水流進排水孔，洗去一身油垢味的感受真好。

梳洗後的清爽感讓他暫時把心中的不愉快扔在一旁，帶著從肌膚散發出的肥皂香味回到昏暗的房，在床邊吹乾濕漉漉的頭髮。

裕明隨手抓過桌邊的書鑽入被窩，想來已經好久沒有閱讀了，書皮都蓋上一層灰。沉浸在字裡行間，文字的神奇力量令他心情重返久違的平靜。印刷字與紙本的重量是那樣無可取代。他讀得不快，心緒慢慢沉澱，彷彿散亂的拼圖逐步回歸完整。

在這樣的安心感之下，裕明的眼皮慢慢闔上。

××××

當裕明醒轉過來，充斥在腦的是恍如隔世般漫長而虛無的錯覺。他發出難忍的呵欠，伸手摸索床頭櫃的鬧鐘，指針顯示的時間嚇得他從床上跳起，慌張穿起扔在地上的襯衫與西裝褲，踩進硬底的皮鞋後失火般衝出房間。

夜裡整理過的桌面又多出新的空酒瓶、袋裝的大包垃圾依然堆在門口。父親不見人影，裕明無心去管，只顧跨上腳踏車用力踩動踏板，衝過街道。

遲到的裕明狼狽推門，外場領班當然沒給好臉色，罵狗般斥責：「都什麼時間了？你怎麼不乾脆晚上再來？少一個人知不知道我們有多忙？都上班多久了，愣著幹什麼，快去幫忙上菜！」

領班的音量不小，理所當然引來客人跟其他同事的注目。理虧的裕明不能吭聲，趕緊跑往出餐區，端起剛出爐的排餐送往指定座位。

「您的牛排。」裕明重複千篇一律的招呼詞，將兩盤牛排輕放上桌，隨即要趕回出餐區，繼續其他餐點的派送。

「裕明？」一個聲音突然喚住他。

裕明下意識回頭，只見剛才送餐的那桌客人裡，有張熟悉的臉孔——

沈光儀微微偏著頭，睜大訝異的雙眼。

裕明失語般忽然喪失說話的能力，他萬萬沒想過會遇見熟人。沈光儀換了個人似的，擺脫過去像小男孩的俏皮短髮，現在的頭髮長度過肩，配著米黃色針織毛衣，那是校服無法展現的氣質。

「你……在打工嗎？」沈光儀好奇地問。

「是正職。」裕明盡可能讓聲音平靜，不顯露任何的不自然。

「那學校呢？」沈光儀關心地追問。

裕明聳肩，不想對這件事多談。沒有繼續升學的遺憾令他自卑。他注意到與沈光儀同桌的是年紀相仿的兩男一女，穿著打扮都是時下大學生流行的風格。

「你們認識？」其中一個男大學生上下打量裕明，好像要鑑定眼前這名服務生的身價值多少銅板似的，盡是露骨的輕視。

敏銳如裕明沒忽略掉這樣的目光，只是職場的馴化令他學會忍氣吞聲，不為這種事情發怒。

「對呀，是我高中同學。」沈光儀欲言又止地望向裕明，就像過去在學校那樣，往往有好多話想說，可惜總是咽在喉裡。

「在這邊上班一個月能賺多少？」那名男大學生故意追問，顯然想令裕明出糗。裕明當沒聽見，與這種人糾纏是浪費時間。從頭到尾他只看著沈光儀，沒放多餘的注意力在其他人身上。「你慢用，我先去忙。雖然廚師的脾氣很糟，不過牛排味道真的不錯。」

他轉頭便走，繼續忙碌送餐並刻意迴避掉沈光儀那桌，一直留心沒讓沈光儀有機會再搭話或接近，直到她與同伴離開才放下這份掛慮。

裕明說服自己今天沒有不同，不過是另一個上班日的複製，除了忙碌還是忙碌。腳掌與小腿還是痠痛、廚師依然臭著臉用惡劣的口氣喊他洗碗。外場的中年領班繼續手插著腰，指使服務生辦事，自己卻連動都懶得動。

沒有不同，就像每個忙進忙出的日子。過去是這樣、以後也是，包括今天也不會有任何改變。只是剛好高中同學來這裡用餐，吃完便走。

沒有不同。

裕明彎腰清洗沾滿油膩泡沫的碗盤，終於熬到打烊。雙腿石化般僵硬難動，本來就避無可避的他因為今天遲到，還得忍受外場領班的叨念。強迫自己學習左耳進右耳出，讓噪音不進入腦內。

「明天提前上班彌補今天的時數。這次先不扣你薪水！」領班說，彷彿給了天大的恩賜。

裕明點頭，整理好最後的碗盤，終於能夠離開。因為趕著上班的緣故，所以除了鑰匙什麼都沒帶，把手抹乾便走。無人的用餐區在這種打烊時刻倍顯冷清，有一種與店面歷史同等量的疲憊瀰漫在空氣間，滲入員工的毛細孔。

裕明推開西餐廳大門，冷風吹過，只穿單薄襯衫的他抵抗涼意，走往停放路旁的腳踏車，卻見一個嬌麗的人影佇立在那。

沈光儀綻開微笑。清澈的雙眼一如當年，從來沒變。

15

兩人沿著店家陸續打烊的街並肩行走。裕明牽著腳踏車，好像回到當初的那個放學後的黃昏，那是沈光儀第一次找來校刊社。

「你後來就直接開始工作嗎？在那間餐廳？」沈光儀問。

「嗯。一直到現在，沒換過。」

「那好久了……」

「我倒覺得時間過很快，每天忙著忙著就過去了。」

「休假的時候呢？還寫文章嗎？」

裕明想了想，已經忘記上次拿筆是什麼時候了。「很久沒碰了。」他回答，大概是從離開校刊社，刻意疏遠沈光儀等人那時開始吧。

沈光儀惋惜地嘆氣：「好可惜噢。」

「總是有其他更重要的事。」裕明淡淡地說，比如掙錢。過去他以為明白生活是怎麼一回事，直到第一次拿著手寫的履歷應徵、被反覆拒絕幾次，好不容易才謀到現在這份差事。

「我第一天上班的時候，」裕明忽然說，「發現自己什麼都不懂、也不會，進去廚房幫忙的時候整個人傻在那裡。連送個餐都戰戰兢兢的，好像隨時會手滑打破盤子。」

裕明笑了笑，「不過送餐的時候倒是正常，卻在洗碗的時候不小心打破了。被罵得狗血淋頭，好像那一個被摔破的盤子攸關整間店的存亡似的。」

沈光儀認真聽，沒有說話。

「好不容易撐到回家，放鬆下來才發現有多累。我直接坐在門口，花了好一段時間才能站起來。那晚碰到床是直接睡死。隔天一早又緊張地醒來，害怕睡過頭。今天是我第一次上班遲到，沒想到會被你看見。」裕明抓抓臉頰。

「你好像……變得世故成熟多了。」沈光儀說，「跟以前不一樣了。」

「你也是。我今天差點認不出來。幸好還是一樣矮。」

「什麼矮？我算高了好嗎，女生的身高這樣剛剛好！」沈光儀不服氣地抗議。身高到裕明肩膀的她以女性的標準來說，實在與矮無緣。

裕明笑了，是高中時慣有的壞壞笑容。「你呢？最近怎麼樣？」

「被原文書逼到快瘋了。」沈光儀沮喪地抱怨：「跟高中英文完全不一樣，好多專有名詞，教授上課又隨便帶過，得要自己回頭重新讀。上禮拜期中考，我每天睡不到三小時，都在拚命補進度。」

「太貪玩了對吧。我記得以前老師常提醒，上大學要把持住，不然準備被當。」

「我不是顧著玩，是有很多新的東西可以嘗試，迎新啊、宿營、系隊什麼的，我有從課業中解放出來的感覺，心情暢快很多。實在不懂過去那種天天考試、為了成績苦惱的生活是怎麼熬過來的。」

「我也佩服自己可以畢業。算我幸運。」裕明自嘲，畢竟他背了兩支大過與兩文小過。「對了，今天同桌的是你同學？」

沈光儀點頭，「女生是同學，其他兩個是學長。今天我本來不想來的，可是拒絕好多次有點過意不去，只好露個臉。」

「死纏爛打。」裕明想到中午那打量他的痞子。

沈光儀苦惱地說：「是啊，比原文書更煩！可是我現在覺得還好有來。畢業後完全沒你的消息。你躲我們躲得太刻意囉。」

「現在你可以放心了，我很好。」

「真的？」沈光儀不信。

「真的。」

「其實……我覺得你不太好。你看起來好累。在店裡根本是行屍走肉。」

「上班哪有不累的？這正常，沒事。」裕明岔開話題：「你要怎麼回去？等車？還是有人會來載？」

「我在前面站牌等公車。現在還是住家裡，當初志願卡被我爸控管，沒辦法填外地的學校，不然我真想從家裡搬出去。算了，至少沒逼我重考醫學系。」沈光儀吐吐舌頭。

「我記得你成績不錯，拚一下說不定有機會。」

「才不要，念醫學多無聊。我爸那個樣子讓人看了就怕。比起我，你才更應該重考！」

「我？別鬧了，沒可能。」裕明失笑，單是目前這份工作就奪去大半精力，沒有餘裕可以應付聯考。

沈光儀一股勁盯著，好像要確認裕明這些年臉龐增生的皺紋似的。「你真的變了。以前你不輕易服輸的。」

「以前是以前。」裕明無所謂地說。

「現在站在我面前的人，還是那個王裕明。」沈光儀溫聲說：「我沒有瞧不起你的工作。可是你就是在苦撐，等著哪一天受不了這些。在餐廳端菜的你，看起來很痛苦。」

「工作哪有快樂的？」裕明不耐煩地說，心想沈光儀什麼都不懂，不知道他是家中的經濟支柱，就因為頹廢喪志的父親整天酗酒鬼混。

「你覺得這樣下去真的好嗎？」沈光儀不死心。

裕明越來越不開心，不懂這女孩為什麼硬要干涉他的生活。「你只在餐廳待了短短一個小時，怎麼會以為能替我下判斷？」

因為我從高中就認識你。沈光儀心想，沒說出口，眼裡有不被察覺的落寞。「你知道市立圖書館嗎？」

「嗯。」

「我沒課的早上都會在那裡自習。一個人唸書很容易鬆懈。兩個人互相盯著比較不容易偷懶。」

「兩個人？等一下，我沒說我要重考……」

沈光儀輕輕打斷：「至少讓自己擁有更多選擇。」

「我沒有那種心力準備。現在光是工作就要了我半條命。」在上班的緊張感消退之後，現在深深的疲憊後勁已經湧上，裕明得忍住才能不對著沈光儀打呵欠。

沈光儀眼睛滴溜溜轉了轉，故意露出似笑非笑的表情。「還是你怕了？已經不敢拿起課本，怕一個字都看不懂？」

「你是不是以為我會被你激到？」裕明無奈地說，這傻女孩未免太小瞧他了吧？這樣明顯的激將法，連小學生都看得出來。

「你變得好理智，我以為這招有用。」被識破的沈光儀吐吐舌頭。「總之，明天早上八點圖書館前見。記得先吃早餐，館內禁止飲食。明天見。」

「沈光儀。」裕明喚住走向對街站牌的她，「別浪費時間在我身上。你知道的……我搞砸過。」他說的時候，依然難掩自責。

「不是你的錯。」沈光儀說，「高伯父的作法太蠻橫了。不過你給雲生的那一拳，真的嚇到人了。」

「他嘴巴不乾淨，不能全怪我。」裕明臉色一沉，好久沒聽到這個名字，依然刺耳又噁心。在事發之前從沒料到，自信滿滿的學聯會選舉竟是以那種方式敗陣。

直接被扼殺出局。

「剛剛有一瞬間，好像看到當年的你。」沈光儀微笑裡有淡淡的懷念。「事情都過去了，你不要被困住。給自己一個機會，我知道工作一定很累，可是我覺得你不應該只是這樣了。」

「真不曉得你對我是哪來的信心。」

「就是有啊。」沈光儀與他約定：「明天早上八點，沒來就當你真的怕囉。當年那個沒把師長放在眼裡、天不怕地不怕的王裕明，不會因為沒考上大學就變成縮頭烏龜吧？」

「激將法免了，我不會上當的。」裕明擺擺手。「那是你等的車？」

簡直是當年場景的複製，沈光儀又一次匆匆跑向到站的公車，裙擺依然飄搖。

×××××

返家時，裕明久違來到客廳的月曆前。這份掛在牆上的月曆停留在年初，沾著不知道哪來的汙漬，還壓著一隻被拍扁的蚊子屍體。

裕明翻過幾張，瞬間跨越好幾個月份。這簡單的動作所代表的，卻是他被工作消磨的時日。真的是好漫長。

他一張接一張撕下，那些逝去的與被奪走的時光不會再回來了。撕走五月後突然停手，只因為六月份的月曆被紅筆劃了一圈，註明「裕明生日」。

他看向沙發，父親人在房裡，但位子上好像還殘留著頹靡又帶酒臭的人影。

裕明心想：「記得我生日又怎麼樣？還不是顧著喝酒。」他用力扯下月曆，忍不住多看幾眼，過去從未留意父親的字跡，現在看來卻有股異樣的熟悉感。他搖搖頭，懶得多想，現在無心糾結在這種事上。

撕至十一月他才罷手，終於讓時間對齊。今天是二十四號，這個月也快結束了。時間有限。

他把過期的月曆揉成一大團，隨便扔到垃圾桶。拖著讓疲憊侵蝕的身子回房。

檯燈照亮書桌桌面，上頭積著肉眼可見的灰塵。裕明伸出食指一劃，指頭便給染黑。高中的教科書藏在書架裡，像失落的遺跡，等待被挖掘出土。

裕明抽出國文課本，隨手抖了抖，大團灰塵如亂蠅飄飛，嗆得他打起噴嚏。他翻過幾頁，課文布滿原子筆的註記，畢竟當年國文是最投入的一門科目。幸運的是還有印象，沒有全部遺忘，好歹高中三年的課堂時光都消耗在這上頭。

因為聯考失利後無心整理，過去的課本與參考書還保留著，筆記也都在，省去重新張羅的麻煩。可惜裕明真的沒有把握，無法確定能否與工作同時兼顧。

沈光儀的鼓勵的確打動了裕明。他心裡有數，在西餐廳工作並非長遠之計，當初全是為了掙錢才勉強將就，有一種病急亂投醫的感覺，只求能賺到幾張鈔票支撐這殘破的家。

沈光儀說的沒錯，我就是在苦撐，裕明心想。

這樣貧乏沒有變化的日子，像一道勒頸的繩索，每天都在慢慢收緊，令他逐漸窒息。消耗的不僅是體力，更多的是精神，讓活著也成了一種耗損，更別提父親加諸的重擔：失業、酗酒、發酒瘋……讓裕明回家時倍感壓力，卻又避無可避。

總得擺脫這一切，或許現在時機正好，給自己一個新的開始。

他翻出剩餘的課本，一本接一本用衛生紙擦拭乾淨，然後整理文具。好像回到當初在學的日子，每晚睡前都要如此準備。他先挑了幾門較拿手的科目，將課本塞入包內。

鬧鐘時間調整得比平常要早幾個鐘頭，好久沒有早起了，平常是能賴床盡量賴床，趕在上班前才認命離開誘人的床鋪，拖著要死不活的身體出門。

再次確認一切打點完畢後，裕明鑽進被窩，沒多久便沉沉睡去。

今晚的夢裡，許多舊面孔一一造訪——

夢中場景是朝會時的高中操場。囂張的高雲生率領一票跟班踏上司令臺，一腳把霸佔麥克風顧著多嘴的校長踹下臺，其他主任與教官也被跟班攆出校門。

高雲生當著全校學生的面宣布，從今以後校園由學聯會統治，還有他將成為永遠的名譽學聯會會長。

正當高雲生心高氣傲地睥睨眾人，手握步槍的儀隊忽然從人群中衝出集結，對著司令臺的高雲生及其跟班一陣掃射，頓時血肉橫飛，嚇得操場上幾百名學生倉皇走避，尖叫逃離。

夾在人群中的裕明被迫往校門移動，結果看到頹廢喪志的校長、主任們還有教官拿著繩索，在校門口尋找地方上吊。沒有一個學生停下來阻止他們，只顧著逃命。

裕明跑著跑著，來到雜貨店，猶豫該不該請老闆幫忙報警？冰櫃的拉門忽然打開，結滿白霜的阿強從中探出身子，遞了一根冰棒木棍問要不要吃冰？接著是社長從雜貨店內走出，還抱著一大疊作文簿，要求裕明在禮拜天以前寫出一篇七萬字的文章。

不遠處傳出槍響，還有零星的尖叫。

裕明轉身又跑，這次往家的方向。

才剛進門，便撞見父親與幼稚園老師在沙發上纏綿，手臂環抱住對方，嘴唇相互緊貼。兩人忽然慢慢融合，那顆合而為一的頭顱轉過來，半邊臉是父親、另外一半是幼稚園老師。當他們開口說話，發出的是男女聲混雜的詭異嗓音。

裕明捂耳，在想該退往何處，卻見一個身影佇立在收音機旁。他認出是母親，可是那臉朦朧如霧，因為他從好久以前就記不起母親的長相。

「裕明、裕明……媽媽暫時不會回家了……你會乖乖等我吧……」母親的聲音說，正如離家時唯一留給裕明的訊息。

那張紙條早被裕明焚毀。他知道，他是疏遠別人的那一個，也是被遺棄的人。

「慶祝你畢業，今天去吃西餐，幫你點一塊大牛排！」在裕明身後，父親與幼稚園老師融合的臉孔大喊著，步步朝他逼近。

「小孩子去吃西餐，會不會太浪費了？」那張臉又說話，這次是幼稚園老師的聲音。

母親的身影在不知不覺中消失，像當年的忽然離去。

裕明只能再逃，急往房間奔去。關上門後立即反鎖，外頭不斷傳來怪聲：有尖叫有咆哮，有酒瓶落地的碰撞聲……有男女交合的呻吟……

他只好退往房間的深處，一回頭，卻發現這裡根本不是房間，而是圖書館的書庫。所有的聲音被瞬間抽離，靜得只剩他的呼吸。午後斜陽從窗外入射進來，化成光柱，照出塵埃漂浮的軌跡。

裕明遲疑張望，書庫仍是那樣熟悉，依然令他安心。是唯一的、也是最後的庇護所。

他緩步前行，往那最習慣的窗邊角落而去，卻發現已經有人早到一步。一名校服女孩佇立窗前，髮絲被風微微撩動。

對方聽見他的腳步聲，慢慢回頭。

那是裕明記憶中最清澈的一雙眼瞳。

16

被吵醒的裕明往床頭櫃亂抓一通，好不容易關掉鬧鐘。他翻過身把臉埋進枕頭，還想多睡一會，隨即想起與沈光儀的約定。

想到那女孩，剛才的夢境清晰浮現。真是一場亂七八糟的怪夢，完全是過去的恩怨大集合，那些人真是好久不見了，高雲生連在夢裡也是面目可憎，應該是一種天份吧。

裕明認命掀開棉被，入秋的早晨偏涼，頓時有躲回溫暖被窩的衝動。可惜沒有拖延的空隙，只能趕緊穿上白襯衫與西裝褲、外搭牛仔外套。

他低頭一看，驚覺這打扮說不出的怪異，只好改換牛仔褲跟運動鞋的組合。另外找來提袋裝入西裝褲跟皮鞋，等到上班前再行更換。

客廳一如往常凌亂，無論裕明怎麼整理，總是無法維持，很快就被父親毀亂。那些酒瓶彷彿擁有生命般能夠一直再生，今天扔了、明天又出現。

裕明當然不滿，偏偏父親很可能是被他牽連才遭到解聘……從那之後一蹶不振，只懂伸手討錢買酒。

裕明撇頭，不願多看混亂的客廳。那些酒與小菜都是用他辛苦賺來的錢購得，被這麼糟蹋實在心痛。

他鎖上門，牽起停在屋外的腳踏車。正好隔壁李大嬸也出門，提著菜籃要趕往市場。那張長馬臉這些年下來生出更多皺紋，兩道法令紋深得像給鑿開似的。

李大嬸對於大清早就碰見裕明相當訝異，嘴巴半張，在思考要說什麼似的。

裕明沒留給她廢話的機會，時間不必浪費在只能話人長短的鄰居身上。他踩下踏板，腳踏車掠起晨風，奔馳在街上，將來不及說話的李大嬸遠遠甩開。

沿途可以看到晨起的學生，那種死氣沉沉不帶一點希望的樣子，與裕明的學生時代沒兩樣。也許這樣的疲態在若干年後亦不會有所改變，學校的教育對學生始終是種凌遲。

裕明騎進大馬路，車流漸多，趕著上班的社會人所呈現的又是另一種絕望。等在紅燈前的機車騎士面目凝重，彷彿開戰前的士兵。在職場打滾過一段時日的裕明知道，討生活無疑是場戰爭。

花了半小時的車程，裕明終於抵達市立圖書館。他覓了空位停車，踱步前往圖書館門口，不忘瞄了手錶，七點五十二分，還早。

不過沈光儀已經等在門口了。她笑吟吟看著裕明走近，開心地說：「你果然來了。」

「對我這麼有信心？就沒想過我會放你鴿子？」

「沒有。」沈光儀遞出手中塑膠袋，一股食物的香氣撲來。「我猜你一定會想多睡一點，所以沒吃早餐。現在圖書館也還沒開，剛好有時間。」

「你猜的真準。」

兩人坐在館前的階梯上，享用熱騰騰的早餐。裕明吞下香氣十足的燒餅油條，啜了一口熱豆漿，胃慢慢暖和起來。

「其實我沒吃早餐的習慣。平常都是睡到中午，隨便吃個東西就去上班。連早起是什麼滋味都忘記了，果然跟過去讀書的時候一樣，還是很痛苦。」他說。

「你要從現在開始養成習慣囉。吃早餐才有力氣唸書，也健康多了。」沈光儀抹去嘴邊的白芝麻，仔細咀嚼口中食物。

「我最多待到中午，然後就要趕去上班。這樣時間不算多吧？」

「所以你下班後還得繼續念。」沈光儀理所當然地說。

「我下班幾乎跟死了沒兩樣，別說唸書，有時候連洗澡的力氣都沒有。」裕明幾乎要舉手投降。

沈光儀搖搖頭，「你要盡量把握時間。現在是十一月，距離明年聯考還有八個月左右可以準備，不要以為八個月很長，一晃眼就過去了。我家還有一些全新的參考書，可以讓你練習裡面的題目。」

「怎麼會有那麼多參考書？」

「我爸買了很多，多到我根本寫不完。現在還堆在書架上，厚厚一疊呢。」沈光儀心有餘悸，準備聯考果然是每個學生的惡夢。「你今天準備念哪些科目？」

「先從國文開始，畢竟是最有把握的科目。順便抓回以前唸書的感覺。」

「作文是你的強項，應該駕輕就熟。我比較擔心你理化能不能應付。」

「要拿下基本分應該沒問題。剩下的再看著辦囉。這燒餅跟豆漿多少？我錢給你。」

「沒關係，就當你願意唸書的禮物。」

「該給的還是要給。」裕明往口袋翻找錢包。

「不然明天早餐換你請，這樣剛好打平了吧？開館了，快點進去佔個好位子。」

沈光儀很快站起，拎著提包直接走入圖書館，不給裕明付錢的機會。

裕明不蠢，看得出她的用意，只能暫且作罷。他不由得想起稍早的夢，最後在書庫遇見的人，正是沈光儀……

×××××

圖書館內安靜得令裕明差點打瞌睡，他實在太久沒與課本糾纏，翻沒幾個章節便覺得坐不住了，轉起手中鉛筆，開始打量附近的人都在看些什麼。

沈光儀倒是相當專心，一面翻著原文書，一面從英漢字典確認單字。直到某次抬起頭才發現分心的裕明。她悄聲說：「還不到一小時你就投降了？」

「沒辦法，課本太陌生了，我不認識它、它也不認識我。」裕明同樣悄聲回應。

「別找藉口。別讓我失望噢，不要讓我覺得王裕明原來是意志力這麼薄弱的人，連最拿手的國文都應付不來。」沈光儀又搬出那套激將法。

於是裕明認份地看回課本，繼續複習唐宋八大家。沈光儀滿意點頭，回到自己的進度。

裕明不斷對抗想離開座位的衝動，果然讀書不是輕鬆的事，這裡的椅子好像特別硬，屁股坐得好難受。忽然又覺得口渴，想去飲水機裝水。

他不時確認手錶，希望時間能過得快一些。他瞄向沈光儀，這個認真的女孩持續在課本上作註記，好像沒有任何事情可以打斷她。

被影響的裕明慢慢靜下心，強制將所有不適感屏棄在外。現在的確不是偷懶分神的時候。筆尖與視線順著課文移動，將每個字用力烙進腦海。但求重新來過，拚一個翻轉的機會。

幸好他生來就是不服輸的人，連與自身的惰性對抗也想贏。硬著頭皮一頁翻過一頁、一章接續一章，順利喚醒舊有的印象，在中午前就把手上的課本瀏覽過一次，還特別圈出幾個沒把握的部份，決定留待下班後複習。

擱下筆後，裕明那顆鎖緊的腦袋終於鬆脫，望向高高的天花板放空。

「還順利嗎？」沈光儀也告一段落，跟著放下筆。

「還行。幸好大部分的重點都還記得。」裕明看過手錶後說：「差不多了，我要先走了。明天早餐你要吃什麼？」

沈光儀沒多想便回答：「都可以，買你順路方便的。」

「都不順路怎麼辦？」裕明故意說。

「那我就只好餓著肚子看書囉。」沈光儀裝得委屈。

「好啦開玩笑的。三明治跟奶茶你吃吧？」

「吃呀。但我奶茶要熱的。」

「沒問題。明天見。」裕明抓起背包與裝著襯衫的提袋離開，接下來還得應付西餐廳那邊的工作，又是一場長期抗戰。

他走沒幾步，下意識回頭，微笑的沈光儀對他揮揮手。裕明豎起大拇指回應，不知道為什麼，好像有些開心。

儘管這份喜悅很快就被餐廳的爆炸性忙碌給破壞，裕明依然支撐住，回家後久違地坐在書桌前，重新翻閱早上在圖書館看過的內容。接著用默背的方式在筆記本寫出章節重點，藉此加深記憶。直到終於抵抗不住睡魔的摧殘，才搖搖晃晃爬上床，設定好鬧鐘後，瞬間陷入無夢的睡眠。

隔天一早，他拎著兩人份的三明治與熱奶茶到圖書館報到，然後在中午離開。

這樣的作息維持了一個禮拜，不斷考驗裕明的體力與意志力。幾次他差點要賴床不去了，所幸都能強撐著身體離床，買了早餐去找沈光儀。他開始記得沈光儀特別喜歡熱奶茶，所以不管搭配哪樣主餐，飲料絕對少不了這項。

在開館之前，兩人共享早餐邊吃邊聊，成了裕明一天之中最輕鬆愉快的時光。同時他意外發現，西餐廳的枯燥工作似乎沒那樣痛苦了。原來擁有更重視的目標，可以讓注意力不再過多地凝視苦痛。

這天，裕明終於忍不住連日的疑惑，向沈光儀詢問：「你早上都沒有排課嗎？怎麼看你天天來報到？」

沈光儀放下字典，淡淡地說：「我蹺課。」

裕明愕然，訝異這女孩未免太灑脫了吧？他驚問：「你的出席率怎麼辦？沒跟到課不會落後很多嗎？」

「怕你偷懶，所以不放心呀。養成習慣需要花二十一天，頭幾天是最容易放棄的，所以要特別盯緊你。放心，我自修的部份甚至超前教授授課的進度。沒點到名也還好，不要太誇張不至於被當掉。我之前都是保持全勤，沒關係的。」

「害你被當我可擔當不起。我已經習慣來這唸書了，你以後別蹺課吧。」

「不行，我還是不太放心。分寸我有拿捏好，不會這麼容易被當的。而且兩個人互相激勵比較不會分心。對了，你要不要考慮把我的學校納入志願？校風滿自由的，應該很適合你。」

「我主要想拚北部的公立大學，所以你的學校也考慮過。我查了去年的錄取分數跟我當時的聯考成績作對照，以中文系當目標或許有機會。」

「你的首選果然是中文系。」沈光儀點點頭，並不感到意外。

「因為加權的科目正好是我擅長的。新聞系也是選項之一。」裕明很自然地將這兩個系所納入考慮，或許跟校刊社的出身有關。

他還計畫要過得更節儉，克制所有不必要的花費，以免到時候真的上榜卻付不出學費。更別提如果考取外地的學校，屆時還要支出一筆住宿費用。

「加油。我可以帶你參觀校園，還能介紹哪個學生餐廳比較好吃、哪間最好避開。啊，更重要的是提醒你哪些通識課千萬別選！」沈光儀的語氣不自覺激動起來，顯然是選錯課的慘痛經歷令她懊悔不已。

「我得先錄取才能煩惱這些問題。」

「你最後一定會需要煩惱的。你以前的成績不差，可能是後來被影響吧。」沈光儀說到一半，驚覺自己可能提及了會讓裕明不愉快的往事，趕緊開玩笑帶過：「你可以開始練習叫學姐囉，畢竟我比你早入學。」

沒想到裕明忽然不說話了。

這突來的沉默讓沈光儀緊張起來。她不安地問：「怎麼了？我開玩笑的。」更令她自責是會不會剛好喚起裕明那段難受的經歷？

裕明若有所思地說：「你變得好有自信也開朗很多，跟以前怯生生的樣子完全不一樣。有時候我會納悶，你真的是沈光儀嗎？」

沈光儀著急解釋：「我一直都是我啊！是以前太壓抑了，你也經歷過一定明白，每天都是唸書、唸書、唸書的，怎麼開心得起來？」

「我知道。像你這麼善良的人，全世界可能找不到第二個。」

這下子反倒換沈光儀沉默了，語塞的她滿腦子空白，完全無法應對裕明的誇獎。只有小聲回應：「嗯……」

「說真的，我現在可以每天都來這邊報到的，你不用擔心。還是別蹺課了。沒課又有空再過來就好。如果害你被當，我真的過意不去。」

「那你多請幾次早餐，就當我們打平。」

「一定要有熱奶茶對吧？」

「沒錯！」沈光儀笑答，「好啦，不讓你擔心了。我不蹺課就是了。但是你要答應我，除了休館日之外都要按時報到喔。」

「沒問題。」裕明一口答應，知道時間有限，不能放過任何複習的機會。更不想辜負沈光儀。

×　×　×　×　×

結束今日工作，裕明強打起精神騎車回家。這幾日溫度忽然驟降，張嘴打著呵欠時，冷風大口灌入嘴中，讓牙齒發冷發酸。

他只穿單薄襯衫配牛仔外套，發現快要抵禦不住寒意。需要再多穿點免得感冒，餐廳那邊可不會寬容得允許他請假。

幸運的是明天不必上班，是奢侈又難得的休假日，可以整天待在圖書館溫習。想到不用看見領班跟大廚，不會被呼來喚去，讓裕明心情輕鬆多了。可惜父親一出現在視線範圍，瞬間讓他的情緒又盪到谷底。

「你最近都在忙什麼？一早就沒看到人，回來又這麼晚……」喝悶酒的父親陰沉地問。

「沒什麼。」裕明的語氣如冰，實則在壓抑心中怒火。父親這樣好吃懶做，一再考驗他的底線，都消沉了這麼久，總該振作起來了吧？明明是還能工作的年紀，為什麼就這樣退縮了？

「什麼叫沒什麼？你現在長大了、翅膀硬了，開始不把我這個父親放在眼裡了？」父親拍著沙發扶手大聲嚷嚷。

裕明不悅地咬牙，不想與酒醉父親多作糾纏的他直接走向房間。

「站住！誰說你可以走的？我沒錢買酒了，拿兩百塊過來！」父親粗莽地喚住，伸手就要討錢。

裕明翻了白眼，轉身面對沉迷酒精的父親。他嚴肅聲明：「我不會再給你錢買酒。想喝自己去賺。」

「你這什麼口氣？我養你長大、供你讀書！」父親用力搥著沙發扶手，揚起陣陣塵埃。

「現在是我養你！」裕明吼了回去：「不要每次都拿這個來壓我！你以為現在這個家是誰在賺錢的？是我！是我在養你這個沒用的廢人！」

「什麼廢人！」父親瞪大滿是血絲的眼珠子，憤怒抓起桌上酒瓶，作勢要砸。

「我當過公司經理、幫公司搶到一堆案子，你說誰是廢人！」

「你現在就是廢人，還是跟賤貨外遇的爛人！」裕明無法再忍，父親出軌是多年難解的結，令他耿耿於懷。

「我外遇？你知不知道你媽……」忽然父親手臂猛力一甩，酒瓶砸飛過來。撞在裕明身旁的牆上，玻璃碎片與酒水破散開來，濺上裕明。他又驚又怒，不敢置信父親竟有這樣的舉動。

「媽怎麼樣？」裕明反問，父親卻忽然不說話了，急得裕明咆哮：「你說啊！把話說清楚！」

眼看父親再抓起酒瓶，裕明怒吼：「我恨你！」隨後頭也不回奔出家外，卻撞見躲在外頭偷看的李大嬸。被逮著的李大嬸做賊心虛，訕訕一笑。

裕明看見這嘴臉就覺得作噁，心頭火起衝著她罵：「死八婆看什麼？別人家的事關你屁事？滾！」

李大嬸嚇了好大一跳，喃喃念著：「夭壽、夭壽……」飛也似躲回自家。

裕明牽來停好沒多久的腳踏車，用盡全身力氣狂踩，不顧一切遠離父親、逃開這個家。

無處可去的他沒有選擇，前往夜間的圖書館。懷抱無法排解的情緒，獨自困在階梯上。附近沒有路燈，只有依稀月光。

深沉的夜色籠蓋了他，黑色冷風張狂呼嘯，一再穿過耳際。

裕明終於心累躺倒，不再掙扎，讓疲倦狠狠將他吞噬殆盡。

17

徹夜吹著冷風的裕明沒有睡好，早在日出之前便醒來。

他呆望圖書館前的大馬路，路上無車無人。彌留的意識恍恍惚惚，像沉底的流沙漸漸消散。初昇的晨陽從遠方的天邊蔓延，褪下夜的黑。

裕明抱著受寒發抖的身體，勉強站起，踩著虛浮的步伐尋覓附近的早餐店，向老闆點了兩人份的蛋餅跟熱奶茶。他啜飲其中一杯獲取體溫，緩慢踱步回圖書館前的階梯，捧著逐漸變涼的奶茶等待開館、等待沈光儀。

酒瓶碎裂的聲響宛如幻聽，不時浮現。裕明死水般的雙眼沒有一點動靜，父親竟會為了區區酒錢向他扔砸酒瓶。

裕明忽然不明白，現在死撐著這個家是為了什麼、又為了誰？

他不免自暴自棄，這樣的付出全給糟蹋，一直以來都盡量忍受，去供養這個酒鬼。一想到往後的人生要被父親這拖油瓶給連累，裕明就感到心寒，好像註定萬劫不復。

當陽光照亮所有階梯時，沈光儀恰好出現。疑惑的她來到裕明身邊，伸手在他眼前揮了揮。裕明這才回神，被疲倦奪去思考的他直到剛才都陷入放空。

「你等很久了嗎？」

「沒有，剛到。」裕明遞出早餐。

沈光儀接過涼透的奶茶，立刻明白他在說謊，但沒戳破。裝沒事般在一旁坐下。

「你看起來很糟糕，臉色很蒼白。沒有睡好？」

「還好，一點點累而已。」裕明壓抑住呵欠，說話有些吃力，要在腦中構思句子這件小事忽然成了困難的任務。

他盡可能維持清醒，可惜進入圖書館後，那少有聲音的環境讓睡意強暴般撲進。突然眼前一黑，打起盹來。

過了好久他才忽然清醒，第一眼看到的便是沈光儀憂心的臉。她皺著眉頭，擔心問：「真的不要緊嗎？你不太對勁，要不要早點回家休息？」

裕明搖搖頭，發現頭竟然微暈。「好不容易有一整天可以複習，我要把握住。」

「可是你現在根本看不下書吧？這樣只是徒然消耗體力噢。」

「沒關係。」裕明逞強地試圖專注回書本上，卻沒能堅持多久，一個字也無法讀入腦中，不免喪氣。

這毫不掩飾的情緒都被沈光儀看在眼裡。她提議：「不然這樣吧，去外面走一走，讓身體醒過來。花不了多少時間的。走啦。」她離開座位，拉著裕明的手臂。

裕明像放棄掙扎被帶進浴室沖洗的貓，任憑沈光儀拉著。兩人沿著圖書館外的人行道散步，裕明一路無語，無力的他實在榨不出話來。

「是我們改變了世界，還是世界改變了我和你……」身旁的沈光儀哼著歌，聽在裕明耳裡有些熟悉。

他遲了好一會才想到這歌的出處，懷念地說：「我媽以前常聽這首歌。」

不知道為什麼，提及母親忽然啟動裕明說話的開關，他繼續講下去：「你還記得學聯會選舉那天嗎？高雲生他爸說的沒錯，我爸外遇了，對象是我的幼稚園老師。我忘記從小學幾年級開始，就再也沒看過媽了。她離家出走，沒回來過。」

「我爸雖然還是會關心我，可是更多的精力是放在幼稚園老師身上。那時候我還小，放學回家都會看到他們親熱。我沒地方去，只能躲在房間看書、聽媽留下來的錄音帶。我不知道為什麼會變成這樣，從某一天開始全部都錯了。現在我爸變成酒鬼，只知道喝酒。昨天他對我發酒瘋，還扔酒瓶。」

沈光儀忍不住擔心，馬上問：「你有沒有怎麼樣？」

「沒事，沒被砸到。我從家裡跑出來，在圖書館外待了一夜。慢慢明白一件事，不管是我媽或我爸，都沒有一個人要我。」裕明失笑：「原來我是他們不要的孩子。」

「你不要這樣想。不是全部的人都不要你。那時候社長跟校刊社的人其實很擔心你，阿強也有偷偷來找過你。」沈光儀安慰。

「我沒臉見他們，我搞砸了。讓大家投注的努力都白費了。其實我也該躲你才對。」裕明說。

「那你……為什麼沒躲？」沈光儀咬著下唇，緊張地等待答案。

裕明沒有回答，選擇沉默。他不認為有資格說這些，那是不屬於他的。

最後，還是沈光儀先開了口：「不管你是怎麼想的，我不會丟下你。」她伸出手，懸在半空好一會，才慢慢勾住裕明的手掌。

「我……沒辦法。我什麼都沒有。不能給你什麼。」裕明本能性藏不住自卑，被家境束縛的他始終跨越不去這道障礙。他想抽手，卻又捨不得掌心傳來的溫度。

「你不用給我什麼。我只要你好好的，不要放棄。」沈光儀鼓勵：「你的家境不是你能決定的。從現在開始我們一起努力。」

「可是我……」

「沒有可是。我認識的王裕明不是那種會輕易退縮的人噢。」

「你對我真是有信心。」裕明苦笑。

「那當然。」沈光儀慢慢握緊，裕明亦回應般扣緊手指。

眼中只剩彼此的兩人都沒發現，那躲在遠處悄悄窺視的雙眼。

××××

之後幾天，裕明按捺下對父親的不滿，還為了避免父親大鬧惹得家裡不得安寧，繼續給錢讓他揮霍在酒精上。這一切，都是為了專心準備聯考所作的妥協。

裕明維持固定的作息，每日開館前就到圖書館報到、上班、下班後返家複習。只是沈光儀莫名沒再出現，不由得覺得心空蕩蕩的，欠缺了最重要的那一塊。

他曾想去沈光儀的大學找人，又怕她那天剛好來圖書館該怎麼辦？只好忐忑苦守，唸書的效率頓時變得奇差，連最拿手的國文都錯了大半題目，更別提靜下心複習。

上班時同樣被困擾著，裕明一再分心犯下大大小小的錯誤。脾氣暴躁的領班不時責罵，甚至撂話威脅：「如果不想幹，明天開始別來了！」

裕明只能低頭賠罪，心裡想的仍是杳無音訊的沈光儀。回到家亦無心複習，在桌前徒然虛耗時間。

這日，他一如往常困在圖書館裡，隔沒幾分鐘便張望四周，盼能見到沈光儀的出現。

臨近中午時，彷彿上天終於不忍他的苦等，沈光儀驚喜地出現。

沒等沈光儀坐下，裕明急著問：「這幾天怎麼了？」

「沒、沒事。學校比較忙，好不容易找到時間過來。」沈光儀猶豫後說：「最近可能不方便過來，之後會好一些……」

裕明不免失落，但也明白她另外還有學校與人際關係需要處理，便說：「沒關係，我每天在。你方便的時候再來就好。」

「你呢？這幾天都還好吧？」

「還行。」裕明絕口不提無心複習、還有工作因此一再出包，只想讓她放心。

「我……可以坐你旁邊嗎？」沈光儀突然問。

「好啊。」裕明幾乎是想也沒想就立刻回答。沈光儀換過座位，緊鄰在他的身旁。可是與裕明的欣喜相比，沈光儀顯露的盡是不安。

裕明終於察覺她的不對勁，「怎麼了？你在擔心什麼嗎？」

「沒有。你專心唸書，說好了要把握時間。」

「喔，好。」裕明雖然納悶，但也不方便勉強沈光儀完全吐露。心想時候到了，也許她會說吧，至少現在她陪在身邊，已經足夠幸運。

裕明埋頭與試題奮戰，直到一陣粗暴的腳步逼近桌前。

「你在這裡幹什麼？不是要你別再跟這小子見面了？」那憤怒的質問驚得裕明與沈光儀雙雙抬頭。說話的是個臉色鐵青的中年男人，他先瞪了沈光儀，然後對裕明投以充滿敵意的目光。

「爸……」沈光儀既委屈又害怕，像受驚的小鹿。

沈父一把揪住沈光儀的手臂，要將她帶走。「我要求過你不准亂搞男女關係，尤其還是跟這種不三不四的人！」

這番騷動打破館內的寧靜，引起其他人的注意，紛紛投來訝異與不滿的注視。

「伯父！」裕明不忍看沈光儀與她父親拉扯，趕緊出聲制止。

這一說話，沈父立即衝著他破口大罵：「你就是王裕明是吧？我在這邊警告你，離我女兒遠一點！我絕對、絕對不會允許光儀跟你這種人在一起！」

「什麼叫我這種人？」裕明不懂，但也突然明白沈光儀這幾日都不見人的原因。

沈父冷哼，開始數落：「父親失業沒工作、考不上大學、還因為打人被記過差點被退學……你這種品行惡劣的人，沒資格接近我女兒！以後不要再讓我看到你，不然一定打斷你的腿！」

「等……伯父你聽我說，我正在準備重考，我一定可以考到……」裕明試圖說服，卻遭沈父不留情地打斷。

「就憑你？別妄想了，也不看看自己什麼樣子？你就算錄取大學又怎麼樣？憑你的家世，我怎麼可能讓你接近光儀？有那種父親，我不相信還能教出什麼樣的好兒子！」

被罵得狗血淋頭的裕明只有握緊拳頭的份，這些被攻擊的部份都令他羞愧得無地自容，被狠狠刨挖了心中最自卑的部份。

「爸，你不要這樣！」沈光儀試圖制止，卻忽然挨了沈父一巴掌。啪的好大一聲，響徹館內。她捂著發紅的臉頰，眼淚驟雨般落下。

「丟人現眼！走，現在跟我回去！」沈父抓著沈光儀，強硬地將她拖出館外。泛淚的沈光儀死望著裕明，他卻無能為力，只有看著淚眼婆娑的她越來越遠，終於消失在視線之外。

獨留原地的裕明悔恨難當，恥辱地低下頭，嘴裡嚐到腥鏽的血味。嘴唇已然咬出血來。

他把所有東西掃進背包，衝出圖書館。

失去沈光儀，僅存的希望頓時滅絕成灰燼，迫使裕明放棄一切的掙扎，就這麼墜落至絕望的最深處，真正的萬劫不復。

他把身上的所有現金都拿去買酒，躲進公園涼亭買醉。豪飲的他三兩下乾完一瓶啤酒，然後是下一瓶、再一瓶……直至酒瓶散落一地，而他爛醉如泥，癱倒在長椅上。

裕明瘋子般吃吃傻笑，笑出眼淚，然後又發狠搥著粗糙的水泥地面，弄得滿手是血是泥……帶著孩子來公園遊玩的家長遠遠避開，都怕裕明亂來。

裕明雖然酒醉恍惚，卻清楚得很，他是真正束手無策了，什麼都不能作。到此為止了。

曾經他還天真地幻想與沈光儀進同一所大學，畢業後能共組家庭。發誓絕對不要重蹈父親的錯誤，要一輩子專一，絕對絕對不與其他人有染。現在想來都是傻，會有誰肯把女兒交給擁有這種錯誤家庭的人？

裕明仰頭大笑，又是兩道眼淚滑落。他恨哪！父親的錯為什麼由他承擔，都已經認份賺錢支撐家裡，也拚命準備重考，為什麼還是要被人看輕？

他忘記手掌沾了泥與血，伸手抹淚弄得臉孔更加狼狽，像個真正的瘋人。

「嘻嘻、哈哈哈……哈！」他抓起鄰近酒瓶，湊往嘴巴倒了倒，只剩少得可憐的泡沫。他還嫌太清醒，不夠忘卻這些傷心事，可是口袋也沒錢了，買不著酒便不能醉得徹底。

裕明慢慢爬出涼亭，扶著柱子踉蹌站起。輕飄飄的身體好像踩在搖晃的海浪上，就是一顆心揪得難受，真想當場死去。

在暈眩的視野裡，裕明赫然看見一張此生最憎惡的臉孔，還以為是酒醉的影響。待再細看，那臉又近了些……竟然是一身筆挺西裝的高雲生。

18

「真是難看。」仇家見面分外眼紅，高雲生的口氣無比嫌惡，彷彿撞見沾滿狗屎的蟑螂。

面前的裕明是他未曾見過的狼狽，這個被他視作眼中釘肉中刺的傢伙，原來是這樣不堪一擊。

「高……雲……生……」醉醺醺的裕明勉強站著，口齒不清地叫他的名。聽在高雲生的耳裡著實不快。

高雲生一手插在口袋，另一手撥弄頭髮。「你以為，你跟沈光儀為什麼會被拆穿？」他說完認真凝視裕明的表情變化，直到看見那可憎的臉孔忽然警醒，高雲生這才滿意微笑。

當初的學聯會會長選舉，因為父親的強硬介入導致裕明喪失資格，連投票都免了直接宣布高雲生連任。兩人的勝負就這麼懸著，令他始終耿耿於懷，不斷找機會要毀去裕明，讓這不識好歹的賤民徹底潰敗。

「我一直派人盯著你。不為什麼，就是因為我們的輸贏還沒完。我要證明只要我想，隨時可以擊垮你。」高雲生得意宣示：「現在，你該認命了。我說過了，我註定要贏你，多的是各種手段。」

「高雲生！」裕明發狠撲來，盲亂的揮拳被輕易閃過。

高雲生拍了拍西裝，彷彿那拳頭擾動空氣，連帶讓骯髒的灰塵沾染衣上。在這之間裕明又揮來拳頭，可惜酒醉的他絲毫不能構成威脅，卻倒像個滑稽的小丑，被高雲生戲耍。

「你看看你，這樣子跟你那酒鬼老爸一模一樣。再來是不是要勾搭別的女人，辜負沈光儀對你的一番心意？」高雲生取笑裕明父親的外遇。「認命吧，你一輩子都要活在父親的陰影下。」

「你才是……你擁有的一切，都是靠你的父親。你根本是你父親的複製人！」

裕明大聲嘲笑，突然打了酒嗝，趕緊捂嘴止住後續的嘔吐。

說來說去難道沒有別的說法嗎？直到現在還是要咬定我都是倚靠父親？高雲生極為不悅，衝上前一腳踹倒裕明。不料裕明倒地時猛然伸出雙手，抓住他的腿，兩人頓時跌在一塊。

裕明掄拳亂打，高雲生架擋之餘邊找空隙反擊。他的拳頭落在裕明的鼻樑上，登時鮮血直流。裕明則揪扯他的衣領，不斷濺出的鼻血染得兩人身上點點鮮紅。高雲生試圖踹開裕明，可是喝醉的裕明彷彿感覺不到痛楚，爛泥般死纏不放。

「退下、滾開！」高高在上的高雲生鮮少親自動手，現在與裕明滾在地上扭打實在太髒了，更是狼狽。高傲如他實在無法忍受其他民眾的遠遠圍觀與取笑。

「說你認輸了，我就放手！」裕明癲狂亂笑，衝著酒精上腦不停施以搥打，更是緊抓高雲生不放。

「我這輩子從沒輸過！」高雲生憤而反擊。最後兩人乾脆以拳頭互毆，一拳接一拳砸在對方的肉上。高雲生的華貴黑西裝被染成泥色，皮鞋也沒能倖免。裕明的牛仔外套同樣遭難。

泥人般的兩人好不容易分開，跪在地上用力喘氣。

「垃圾……賤民……」高雲生罵道。

「仗勢的敗家子……」裕明反譏。

高雲生扶著膝蓋站起，大力拍開身上泥沙。他瞠目瞪視許久，冷冷地說：「隨便你罵吧。我有大好前途，你只能端盤子端到死。沈光儀也不可能回到你身邊。你這輩子都會跟你父親一樣失敗。」

他不再多作逗留，反正目的達到了。要讓裕明知道是他從中作梗。是我！我高雲生親手毀了你僅有的希望。他在心中喊著，鑽進停放在公園外的轎車，揚長而去。

在這一刻，他確信自己是真真正正地贏了。

× × × × ×

裕明爬進涼亭，在裡頭癱躺不動，直到入夜才擺脫酒意。被高雲生激起的憤怒也消散了，只剩死一般的絕望。他獨坐許久，才步出公園，牽車後吃力返家。

唯一待在家中的，仍是父親。這個看上去要比實際年齡更加衰老的酒鬼，今晚又是酒不離身，窩在沙發上放肆飲酒。

裕明沉默抓起堆疊在門口的垃圾袋，裡面全是父親喝剩的空酒瓶。他將整袋用力往客廳內一砸，砸出無數破裂聲響。

醉醺醺的父親破口大罵：「你發什麼神經？」

「你到底要喝多少才甘願？」裕明抓起另外一袋，同樣往客廳內砸，重複再問：「你還要喝多少才甘願？」

「我想喝多少就喝多少，輪不到你管！你袋子給我放下來，不准再丟了！」

雙眼帶著仇恨凶光的裕明用力摔上門，衝到父親面前質問：「你到底還要拖累我多久？你知不知道我被你害得有多慘？我好不容易、真的是好不容易才找一個人願意、願意……」

裕明突然說不下去了，曾經沈光儀彌補他最欠缺的需要被愛的部份，卻又轉眼成空，如今只剩對父親的怨憎。

「你能長這麼大你以為是靠誰養你？」父親仍是那百年不變的回應，激得裕明更加憤怒。

「靠你、靠你、都是靠你！滿意沒有？靠你這個跟別的女人亂搞的淫蟲！」裕明脫口而出，渾然未覺「淫蟲」正是高雲生對父親的鄙夷稱呼。

「淫蟲？」受辱的父親亦瀕臨情緒的極限，終於揭開多年的祕密。

「你知不知道你媽媽是跟別的男人跑了!?就在你剛讀小學的時候！不知道對吧？因為我瞞著沒說！連那些只會挖人隱私的鄰居都不知道，親戚那邊我也要他們封口。這麼多年我都自己擔著，這樣對你還不夠負責任？」

裕明愕然，忽然想起當年初上小學，好一陣子父親始終鬱鬱寡歡。那時候母親已經離家，他曾經以為父親的抑鬱是因為思念母親的緣故……

更想起月曆上的字跡，那股令他排斥細想的熟悉感……

父親眼裡布滿狂亂血絲，露出悲哀的笑：「那張紙條你有沒有印象？那張你媽說她會回來、要你等她的紙條！是我寫的！就是為了不要讓你難過，不要讓你發現你媽媽是個拋家棄子的女人！」

父親狂笑不止，眼淚流遍滿臉。他指著裕明的鼻子質問：「我這些年作的還不夠嗎？供你讀到高中，沒讓你餓過肚子，還不夠嗎？窮、窮是我害的嗎？我哪知道這麼突然就被解聘！那個老總……混帳東西、沒用的垃圾老人……不講道理！走進辦公室直接跟我說明天不用來了！我堂堂一個經理啊，才準備要開會，要幫公司搶案子賺錢。結果他一句話就把我開除！我是做錯什麼要被這樣糟蹋！我幫公司立下這麼多功勞，結果連個小卒都不如！」

父親仰頭豪飲，溢出的酒液順著嘴角滑落。

裕明越加無語。當年他得罪高雲生父子。父親多半是受了牽連……

父親把空酒瓶往牆壁砸，歇斯底里咆哮起來：「你一定恨我外遇對吧？可是、可是那時候只有你老師會關心我！她單身、我又沒了老婆，為什麼不能在一起？為什麼要被說閒話？你知道你媽那樣對我，我有多受傷！你知不知道當初你老師為什麼會離開我？」

父親頓了頓，用力指著裕明：「因為她不要你，逼我在她跟你之間作選擇！我選了，你知不知道？」

「好啊，我是個失敗的沒用父親。你恨我、盡量恨我。是我拖累你嗎？好啊、是我、都是我害的！」失控的父親衝進廚房抓起菜刀，用力抵住胸口。「我就不拖累你了！」

「爸！」裕明衝上前與父親搶刀，狂暴的父親力量奇大。裕明死死抓住他的手腕，可是刀尖已經刺進肉裡，那件發黃的汗衫滲出血來。

「爸！不要、不要！」裕明嚇出眼淚，哭喊著要阻止父親。

父親猙獰咆哮，頸邊盡是小蛇般的暴漲青筋。

「對不起、對不起、爸！對不起！是我錯了、你不要這樣！」裕明愧疚哀求，原來這麼多年自己都是誤會。他發狠咬牙使遍全身的力氣，終於慢慢拉動父親雙臂，連帶讓刀尖脫出父親胸口。

「放手、放手！讓我死一死！」失控的父親狂吼，這些年累載的痛苦讓他決心以死了斷。

兩人拉扯之際，父親踩到地上的酒瓶，整個人向後退了一大步。跟著失衡的裕明撞了上去。

父親雙眼驀然暴瞪，一行鮮血從嘴邊溢出。

「爸！」裕明大喊。他感覺到雙手逐漸溼滑，低頭才見兇刀已經沒入父親胸膛，衫上的血漬不斷蔓延。

父親咧嘴，露出裕明這輩子見過的、最淒冷的苦笑。他用力推開裕明，兇刀同時脫離胸口，失控的鮮血汨汨泉湧。

父親脫力跪倒，面朝下倒地。

裕明的額頭蓄滿汗粒，暴睜著兩顆幾乎要滾出眼窩的瞳子。他吐出沉重的熱氣，偏偏渾身發冷又豎滿寒毛，汗水亦是冰涼。

刀仍握在他的手中……

××××

公園之外，高雲生的車子停在那。手機不時震動，都是幕僚傳來的訊息。他把手機轉成靜音模式，隨後扔到副駕駛座上。

或許那傢伙殺害父親，是我用力推了一把。高雲生心想，不帶罪惡感也沒有一絲後悔，只是平靜而合理地猜測。

最後一次看到王裕明就是在這座公園，他喝得爛醉，幾乎是酒鬼父親的翻版。

回憶往事的高雲生點起煙，吸了一口後就任憑燃燒。盯著裊裊上升的輕煙，忽然有股說不出的空虛，沒作多想便將煙捻熄。

「或許我跟你沒有不同，都是活在父親的陰影下。」他喃喃說著，升起駕駛座的車窗。

車子緩慢駛離，消失在夜晚彼端。

××××

攝影棚內。

結束錄影的一票名嘴各自收拾。社會記者忍不住誇獎：「你們故事說得真好，好生動！」

主持人自滿地誇耀：「那當然，這是晚上九點的黃金時段。不這樣聳動怎麼維持收視率呢？接著還有連續的兇案要報導，大家繼續保持。還有你啊，要多發言，盡量多補充一些內容。」他忍不住叮嚀話少的網路觀察家。

網路觀察家搔搔頭，為難地表示：「可是資料有限，畢竟那麼多年前的案子了，網路上也查不太到。」

「發揮想像力嘛！」資深媒體人哭笑不得，作為節目常客的他對這門學問早是駕輕就熟，立即分享心得：「只要夠精彩，觀眾就會買單！」

接連便是與收視率相關的話，什麼「聳動駭人」，什麼「吸引觀眾的眼球」之類，引得眾人都鬨笑起來，攝影棚內外充滿了快活的空氣。

【全文完】

鏡小說 007

螢幕判官

作者：崑崙
原創故事：光穹遊戲
責任編輯：劉璞
柯惠于
王君宇
責任企劃：劉凱瑛
美術設計：萬亞雰
主編：李佩璇
總編輯：董成瑜
發行人：裴偉

出版：鏡文學股份有限公司
11070 台北市信義區東興路 45 號 4 樓
電話：02-6633-3500
傳真：02-6633-3544
讀者服務信箱： MF.Publication@mirrorfiction.com

總經銷：大和書報圖書股份有限公司
242 新北市新莊區五工五路 2 號
電話：02-8990-2588
傳真：02-2299-7900

內頁排版：宸遠彩藝有限公司
印刷：緯峰印刷股份有限公司
出版日期：2018 年 10 月 初版一刷
ISBN：978-986-95456-8-6
定價：300元

國家圖書館出版品預行編目 (CIP) 資料

螢幕判官 / 光穹遊戲原創故事；崑崙
作. -- 初版. -- 臺北市：鏡文學, 2018.10
248 面；13×19 公分 . -- (鏡小說；7)
ISBN 978-986-95456-8-6 (平裝)

857.7　　107015302